楚 辞

CHUCI

温 梦◎译注

光明日报出版社

图书在版编目（CIP）数据

楚辞 / 温梦译注 . -- 北京 : 光明日报出版社 ,
2014.7（2024.3 重印）
（光明岛）
ISBN 978-7-5112-6328-5

Ⅰ . ①楚… Ⅱ . ①温… Ⅲ . ①古典诗歌—诗集—中国
—战国时代②楚辞—译文③楚辞—注释 Ⅳ . ① I222.3

中国版本图书馆 CIP 数据核字（2014）第 069482 号

楚辞
CHUCI

译　　注：温　梦

责任编辑：李月娥　　责任校对：王腾达
封面设计：博文斯创　　责任印制：曹　净

出版发行：光明日报出版社
地　　址：北京市西城区永安路 106 号，100050
电　　话：010-67022197（咨询），67078870（发行），67019571（邮购）
传　　真：010-67078227，67078255
网　　址：http://book.gmw.cn
E - mail：lijuan@gmw.cn
法律顾问：北京德恒律师事务所龚柳方律师

印　　刷：北京一鑫印务有限责任公司
装　　订：北京一鑫印务有限责任公司
本书如有破损、缺页、装订错误，请与本社联系调换，电话：010-67019571

开　　本：150mm × 220mm　　印　　张：12
字　　数：150 千字
版　　次：2014 年 7 月第 1 版
印　　次：2024 年 3 月第 4 次印刷
书　　号：ISBN 978-7-5112-6328-5

定　　价：29.80 元

目　录

离 骚

【题解】

“离骚”一词的意义，自古以来就争议颇多，总结起来，大致有九种：

一、“离骚”即遭遇忧愁。此说影响颇大。首先是西汉刘安在《离骚传序》中说：“离骚者，犹离忧也。”后来，司马迁采用此说，他在《史记·屈原贾生列传》中引用了这段内容，又进一步说明：“故忧愁幽思而作《离骚》。离骚者，犹离忧也。”又“屈平之作《离骚》，盖自怨生也”。东汉班固进一步继承并发展，在《离骚赞序》中解释：“离，犹遭也；骚，忧也；明己遭忧作辞也。”后世的颜师古、朱熹、钱澄之、段玉裁、王念孙、朱骏声等均同意这种说法。

二、“离骚”即离别之忧。汉代王逸在《离骚经序》中解释说：“离，别也。骚，愁也。经，径也。言己放逐离别，中心愁思，犹依道径，以风谏君也。”后世的汪瑗的《楚辞集解》、姜亮夫的《重订屈原赋校注》继承了这种说法。

三、“离骚”即民心散离之愁。宋项安世《项世家说》卷八称：“《楚语》伍举曰：‘德义不行，则迩者骚离，而远者距违。’韦昭注曰：‘骚，愁也；离，畔也。’盖楚人之语，自古如此。屈原《离骚》，必是以离畔为愁而赋之。其后词人仿之，作《畔牢愁》，盖为此矣。畔谓散去，非必叛乱也。”后世王应麟《困学纪闻·左氏传》卷六便持此种说法。

四、“离骚”即“明扰”。离为卦名，代表火与光明。明周圣楷《楚宝》称：“离，明也；骚，扰也。何取乎明而扰也？离为火，火在天则明，风则扰矣。”这种说法比较晦涩难解。

五、“离骚”即牢骚。清人戴震在《屈原赋注初稿》解释为：“离骚，即牢愁也，盖古语，扬雄有《畔牢愁》。离、牢，一声之转，今人犹言牢骚。”今人游国恩即持此种说法。

六、“离骚”即《劳商》,楚地的古曲名。游国恩《楚辞概论》称:“《大招》云:‘楚《劳商》只。’王逸曰:‘曲名也。’按‘劳商’与‘离骚’为双声字,古音劳在‘宵’部,商在‘阳’部,离在‘歌’部,骚在‘幽’部,‘宵’‘歌’‘阳’‘幽’,并以旁纽通转,故‘劳’即‘离’,‘商’即‘骚’,然则《劳商》与《离骚》原来是一物而异其名罢了。”今人郭沫若在《屈原研究》、何剑熏在《楚辞拾沈》中便持此种观点。

七、“离骚”即远离忧愁。钱钟书在《管锥编》中云:“‘离骚’一词,有类人名之‘弃疾’‘去病’或诗题之‘遣愁’‘送穷’;盖‘离’者,分阔之谓,欲摆脱忧愁而遁避之,与‘愁’告‘别’,非因‘别’生‘愁’。”

八、“离骚”即离开“骚”地。骚为楚地名。李嘉言《〈离骚〉丛说》一文称:“‘骚’应解作地名。‘离骚’就是离开‘骚’那个地方。”其中又引用了《左传·桓公十一年》《元和郡县图志》卷二七中的记载,认为“骚”就是汉水之北应城县境的蒲骚,还由此推断说屈原住在汉北时很有可能就住在那里。《离骚》就是他在离开蒲骚时,有感而发所作。

九、“离骚”即“离疏”,远离疏远之意。徐仁甫在《楚辞别解》中云:“疏骚双声,有方言读此二字同音者可证。知骚离即疏离,则离骚即离疏,而此作品之时期可考。《离骚》作于屈原初被疏远之时,《史记》本传说甚明确。”

除此之外,对于“离骚”的解释还有很多,虽然如此,但能被学术界广泛认同的却很少。本着严谨的科学态度,根据到目前为止的所挖掘材料的记载,本书比较同意西汉司马迁的离忧说、东汉班固的明己遭忧作辞说、王逸的离别忧愁说。

《离骚》这首长诗,可以分为十二章。依次来叙述自己的家世、姓名的来历,上古时期的先圣、尧、舜、桀、纣等人的功过得失,描述诗人自己宏大的政治抱负,在现实的政治生活中所遭受的种种不平,甚至政治迫害。揭露和批判了当时楚国社会的黑暗现实,同时也描绘出了自己心目中的理想美政,并加以赞颂。这样的一首长诗深刻地表现了诗人在追求自己的政治理想过程中遭遇了种种挫折，最终失败、破灭之时，却仍然忠于故国，不改初志，志洁行廉，独立的人格即不断追求真理，上下求索的精神。

《离骚》一诗有着无与伦比的思想价值和艺术价值，千百年来，无数骚人墨客倍加推崇、赞颂，并且还模仿它创作出了许多优秀的作品。比如汉代扬雄的《反离骚》《广骚》《畔牢愁》，班彪的《悼离骚》，梁竦的《悼骚赋》，应奉的《感骚》三十篇，西晋挚虞的《愍骚》，明代黄祯的《拟骚》，黄道周的《謇骚》《续离骚》《丛骚》，张灿的《拟离骚》二十篇，清人嵇永仁的杂剧《续离骚》。明代著名学者胡应麟《诗薮·内篇》评价《离骚》时说："屈原式兴，以瑰奇浩瀚之才，属纵横艰大之远，因牢骚愁怨之感，发沉雄伟博之辞。上陈王道，下悉人情，中稽物理，旁引广譬，具网兼罗、文辞钜丽，佳制闳深，兴寄超远，百代而下，才人学士，追之莫逮，取之不穷。"《离骚》与《诗经》并称为文坛双璧，其蕴含的精神泽被后世。《离骚》及其他优秀的楚辞作品将永远吸引着一代又一代的国人及被中国传统文化深深吸引的外国人前去探究其中所蕴含的无尽的艺术魅力！

帝高阳之苗裔兮①，朕皇考曰伯庸②。摄提贞于孟陬兮③，惟庚寅吾以降④。皇览揆余初度兮⑤，肇锡余以嘉名⑥。名余曰正则兮⑦，字余曰灵均⑧。纷吾既有此内美兮⑨，又重之以修能⑩。扈江离与辟芷兮⑪，纫秋兰以为佩⑫。汩余若将不及兮⑬，恐年岁之不吾与⑭。朝搴阰之木兰兮⑮，夕揽洲之宿莽⑯。日月忽其不淹兮⑰，春与秋其代序⑱。惟草木之零落兮⑲，恐美人之迟暮⑳。不抚壮而弃秽兮㉑，何不改此度㉒？乘骐骥以驰骋兮㉓，来吾道夫先路㉔。

【注释】

① 帝：帝的本来意义根据清人吴大澂的说法是花蒂的意思，根据今人姜亮夫的说法则是胚胎之意，后引申为主宰万物的神。在周以前，称已经去世的君主为帝。因为屈原与楚王同宗同姓，所以也以颛顼帝高阳

氏为始生之祖。高阳：根据《史记》《山海经》《左传》《吕氏春秋》等书及长沙出土帛书的记载，颛顼拥有天下之后，号高阳氏。高阳在南楚神话中作为一个地方神是由天神所委派的，后来逐渐演变成楚人的祖先。苗裔（yì）：后代的子孙。兮（xī）：语气助词，楚地民间的方言，相当于现代汉语中的“啊”。

② 朕（zhèn）：上古时代的第一人称代词，相当于现代汉语中的“我”，一直到秦始皇二十六年（公元前221年），才下诏定为皇帝的自称，在诗中指的是屈原自己。皇考：对已故父亲的尊称。皇，美好，光明。考，亡父称考。但也有的学者提出皇考是指对作者的先祖或祖父的尊称。伯庸：屈原亡父的名或字。还有一种说法是屈原先祖或祖父的名或字。

③ 摄提：此处为“摄提格”的简略说法。岁星名。古代岁星纪年法中有子、丑、寅、卯、辰、巳、午、未、申、酉、戌、亥十二辰，摄提格相当于干支纪年法中的寅年。《尔雅·释天》解释为：“太岁在寅曰摄提格。”也有的学者认为“摄提”不是“摄提格”的简略说法，而是岁星的别称，即木星。贞：甲骨文中与“鼎”字相同。鼎，正当，正在。孟陬（zōu）：陬为正月，孟陬即孟春正月，又为孟春之日，故称。

④ 庚寅：即庚寅日，这在楚地民间习俗中是吉日，古代有男命起寅的说法，屈原就出生在这一天。降（古音hōng）：出生，降生。本义是从天而降，文中屈原的意思是自言天生，身份高贵。

⑤ 揆（kuí）：度量，揣测。初度：有四种解释：一为出生时表现出来的器度。度是态度、器度、气象的意思。二为出生的年时，即生日。三为吉度。四为天体运行纪数的开始。

⑥ 肇（zhào）：初始。还有一种说法认为“肇”通“兆”，占卜、预测之意。锡：同“赐”，给予。

⑦ 正则：正，平也，公平。则，法也，法度。《史记·屈原贾生列传》中记载：“屈原者，名平。”正则是屈原对“平”字的解释。

⑧ 字：动词，取表字之意。灵均：灵，善，美好之意。均，均调。清人王夫之的《楚辞通释》解释说：“原者，地之善而均平者也。”灵均则是对

“原”的解释。

⑨ 纷：美而繁盛的样子。内美：具有的内在的美好品德，比如忠诚。

⑩ 重(chóng)：再加上。还有一种说法是与“轻”相对之重。修能：修，即“修态”，美好的体态之意。能，通“态”，体态。另一说法是“长才”之意，即有很高的才干和很强的能力。

⑪ 扈(hù)：楚地方言，披的意思。江离：亦写作“江蓠”，一种香草，也称作“靡芜”。还有一种说法是，江离是一种在江里生长的香草。辟芷(zhǐ)：王逸解释为：“辟，幽也，芷幽而香”，即幽香的芷草。根据朱熹的说法，辟为幽僻之意，辟芷则意为生长在幽僻之处的芷草。

⑫ 纫：搓，捻。还可解释为接续，连接。亦可解释为结、连之意。

⑬ 汩(yù)：水急流的样子，疾行。

⑭ 不吾与：“不与吾”的倒装。与，给。

⑮ 搴(qiān)：摘取。阰(pí)：有六种说法：一为古代楚地的山名。二是阰同“陴”，崖岸的意思。三为南楚的方言，小阜曰毗，大阜曰阰，即大山的意思。四同“坒”，根据《说文解字》的解释，“地相次比也”。五为水边的小丘。六是同“陂”。木兰：又叫杜兰、林兰，香木的名称，其皮似桂，并且能够散发出香气，其外表形状和楠树一样。

⑯ 揽(lǎn)：摘取。洲：水中的陆地。宿莽：经过整个寒冷的冬季却不死的草。

⑰ 忽：通“飏”，很快，极速之意。淹：通“延”，滞留，停留，久留。

⑱ 序：次序。代序，递相更替。

⑲ 惟：思考，考虑。

⑳ 美人：在此处借指君王。迟暮：黄昏，比喻暮年、晚年。

㉑ 不抚壮而弃秽兮：在很多选文中，这句话没有“不”字，而王逸的《楚辞章句》中有，此从。抚，凭借。壮，壮年。此外还有一说指的是国势的强盛。秽，指肮脏丑陋的行为，恶行。另有一说是指纷繁杂乱的政事。还有一种说法指做出恶行的小人。

㉒ 此度：度，指态度，文中指“不抚壮而弃秽”的态度。还有一说，“此

度”指的是当时的法令制度。

㉓ 骐骥(qí jì):骐,有青黑色纹理的马,骥,好马。骐骥指千里马,骏马。驰骋:策马奔驰。

㉔ 来:表示相招的语气,即“来呀”“请来”。道:通“导”,引领,带路。夫(fú):语气词。先路:先贤之路。

【译文】

我是高阳氏的子孙啊,先父的字叫作伯庸。岁星运行到寅年寅月寅日时,我刚好降生。父亲揣度我初生时的气度啊,开始赐予我这美好的名字:他称呼我的名叫正则啊,称呼我的字作灵均。刚出生时上天已经赐予我众多美好的品质啊,再加上如此优秀、出众的才能。我身披着芳香的江离和幽香的白芷啊,把秋兰连缀在一起,作为身上的佩饰。时光如同急速流去的河水一般,我将要追寻不上我的目标啊,担心岁月不再!我在清晨摘取山上的木兰啊,黄昏摘取生长在小洲之上的宿莽。时光如白驹过隙,从不停留啊,一年四季不断地在更替。想到花草树木最终都会凋谢零落啊,恐怕君王也终将步入残年。为什么不趁着盛年之时,抛弃那些肮脏丑陋的行为啊,也因此改变态度?骑上骏马纵情驰骋吧!来啊,我在前面为你引导通往圣贤的道路!

昔三后之纯粹兮[①],固众芳之所在[②]。杂申椒与菌桂兮[③],岂维纫夫蕙茝[④]?彼尧舜之耿介兮[⑤],既遵道而得路[⑥]。何桀纣之猖披兮[⑦],夫唯捷径以窘步[⑧]。惟夫党人之偷乐兮[⑨],路幽昧以险隘[⑩]。岂余身之惮殃兮[⑪],恐皇舆之败绩[⑫]。忽奔走以先后兮,及前王之踵武[⑬]。荃不察余之中情兮[⑭],反信谗而齌怒[⑮]。余固知謇謇之为患兮[⑯],忍而不能舍也。指九天以为正兮[⑰],夫唯灵修之故也[⑱]。曰黄昏以为期兮,羌中道而改路[⑲]。初既与余成言兮[⑳],后悔遁而有他。余既不难夫离别兮[㉑],伤灵修之数化[㉒]。

【注释】

① 三后：有五种说法：汉王逸指出是夏禹、商汤、周文王；宋朱熹指出三后即三皇，即少昊、颛顼、高辛；明汪瑗指出，三后指的是楚国的先王；清蒋骥则认为三王是指伯夷、禹和稷；清王树枏认为是指黄帝、颛顼和帝喾。本书以汪瑗的说法为是。纯粹：纯正，没有杂质，在此指德行纯正，美善。

② 众芳：众多的芳草，这里借指众多贤能的人。

③ 杂：杂糅，兼采。申椒：香木名，椒，即花椒，申，依朱熹说意为地名。菌桂：香木名，桂树的一种。此处用申椒与菌桂借指贤臣。

④ 维：通“唯”，意为仅仅，只有。蕙茝（zhǐ）：都是香草名，借指贤能的人。

⑤ 尧舜：唐尧和虞舜，远古时代的部落联盟首领，历史传说中的圣君。耿介：耿，光明之意。介，大。耿介即光明正大。

⑥ 遵道而得路：遵，沿着，循着。道，正路，正道。路，正道。

⑦ 桀纣（jié zhòu）：桀，夏桀，纣，商纣。猖披：穿衣而不系带，散乱的样子。比喻狂乱妄为之意。

⑧ 捷径：原指又近又方便的路，这里指邪出的小路，比喻不按正途，投机取巧的做法。窘（jiǒng）：困窘，走投无路。

⑨ 夫：彼，那。党人：朋党，结党营私之人。偷乐：苟且偷安，贪图享乐。

⑩ 幽昧（mèi）：幽暗看不清楚。险隘（ài）：危险狭窄。

⑪ 惮（dàn）：害怕，惧怕。

⑫ 皇舆：君王乘坐的车子，诗中用来比喻国家政权。舆，车子。败绩：原意是指车的倾覆，这里指国家政权的倾覆。

⑬ 前王：姜亮夫在《屈原赋校注》中认为前王指上文提到的“三后”与“尧舜”。踵（zhǒng）武：踵，脚后跟，武，足迹。

⑭ 荃（quán）：香草名，喻指楚怀王。中情：内心真诚的情感。

⑮ 齌（jì）怒：疾怒，大怒，马上暴怒。齌，用猛火做饭，引申为暴烈。

⑯ 謇謇(jiǎn):忠言直谏的样子。患:祸患。

⑰ 九天:汉王逸解释为八方之天与中央。正:通"证",作证,验证。

⑱ 灵修:通神明且有远见之人,这里指楚怀王。

⑲ "曰黄昏"以下二句:有的版本认为这两句为衍文,所以删去了。

⑳ 成言:定约,成议。

㉑ 难:畏难,为难,感到困难。

㉒ 化:变化。还有人解释为"讹"。

【译文】

以前的三位圣贤之君德行完美、纯粹啊,那是因为他们举用了贤能的忠臣。花椒与菌桂都同样是芳草啊,又哪里只有蕙、茝?那尧舜是多么光明正大啊,他们都遵循着正确的道路使国家走上正途。那桀纣是多么狂放妄为啊,贪图近便却偏狭的小径以至于最终被逼入困境,走投无路。那些围在怀王身边的结党营私之徒纵情地享乐啊,国家的前途不仅晦暗看不清楚,而且国家政权岌岌可危。难道我害怕自己遭遇祸患吗?我是害怕楚国的政权遭到倾覆。我急匆匆地前后奔波,为君王效力啊,希望能够追寻先代圣贤的足迹。然而君王体察不到我心中的忠贞之意啊,反而却轻信小人的谗言而突然暴怒。我本来就知道忠言直谏一定会成为祸患啊,但宁可忍受因此带来的痛苦却无法停止而不进言。手指九天为我作证啊,我所做的一切都是因为君王。说好相约在黄昏时分啊,但走了一半又在中途改变了方向。当初已经跟我订下了誓约啊,后来却又后悔,而另有他志。我已经不再为与楚王的分离而难过啊,只是为君王的变化无常而感到伤心。

余既滋兰之九畹兮[①],又树蕙之百亩[②]。畦留夷与揭车兮[③],杂杜衡与芳芷[④]。冀枝叶之峻茂兮,愿竢时乎吾将刈[⑤]。虽萎绝其亦何伤兮,哀众芳之芜秽[⑥]。众皆竞进以贪婪兮,凭不厌乎求索[⑦]。羌内恕己以量人兮[⑧],各兴心而嫉妒[⑨]。忽驰骛以追逐兮[⑩],非余心之所急[⑪]。老冉冉其将至兮[⑫],恐修名之不立。朝饮木兰之坠露兮[13]，夕餐秋菊之落英[14]。苟余情其信姱以练要兮[15]，长颇颔亦何伤[16]？掔木根以结茝兮[17]，贯薜荔之落蕊[18]。矫菌桂以纫蕙兮[19]，索胡绳之纚纚[20]。謇吾法夫前修兮[21]，非世俗之所服。虽不周于今之人兮[22]，愿依彭咸之遗则[23]。

【注释】

① 滋：种，栽种。九畹（wǎn）：言极其多。九，虚数，表示很多。畹，古代的面积单位，汉王逸解释为十二亩曰畹，还有一种说法是三十亩曰畹。

② 树：栽种，种植。蕙：香草名，有两种说法：一种认为是指薰草，古人把它佩戴在身上或者焚之，发出香味以驱疫。第二种说法认为是指蕙兰。

③ 畦（qí）：一畦一畦地种植。留夷：香草名。揭车：香草名。

④ 杜衡：亦作"杜蘅"，香草名。芳芷（zhǐ）：香草名。

⑤ 竢（sì）：等待，等候。刈（yì）：收割。

⑥ 哀：怜悯，珍惜。众芳：指上文说的六种芳草，用来比喻众多的有贤能的人才。芜秽：荒芜衰败，田地因为不整修而变得破败。在这里比喻所培养的人才已经变节，流于世俗，他们也发生了变化，与恶草一样了。

⑦ 凭：楚地方言，满的意思。

⑧ 羌（qiāng）：楚地方言，没有实际意义，发语词。恕己以量人：宽恕自己，却猜度别人，正所谓"以小人之心，度君子之腹"。

⑨ 兴心：起心，打主意。

⑩ 驰骛（wù）：奔驰，追逐。

⑪ 非余心之所急：此句表达了诗人淡泊名利，不流于世俗的精神。急，急于得到。

⑫ 老：年岁，晚景。冉冉（rǎn）：渐渐，缓缓。

⑬ 饮：喝，小口吸食。

⑭ 餐：吞食，吃。落英：枯败的花朵。还有一种说法为刚开的花朵。

⑮ 信姱（kuā）：真正美好。信，的确，真正。姱，好，美好。练要：精粹，指专一，操守忠贞。

⑯ 顑颔（kǎn hàn）：饿得面黄肌瘦，憔悴的样子。

⑰ 掔（lǎn）：通“揽”，拿，持。木根：兰槐的根部。

⑱ 薜（bì）荔：香草名，又称木莲。蕊（ruǐ）：花心，这里用蕊代指花。

⑲ 矫：有三种说法：一是举；二是直，使之直，矫正。三是搓揉使之柔软以便缝纫。菌桂：香木名，姜亮夫在《屈原赋校注》认为菌桂就是我们所说的肉桂，属于桂的一种。

⑳ 索：搓、拧成绳索。胡绳：香草名。纚纚（xǐ）：形容绳索长而下垂的样子。

㉑ 謇（jiǎn）：楚地方言，句首发语词。前修：前代的圣贤。

㉒ 周：合，调和，适合。

㉓ 彭咸：殷代著名的贤臣。汉王逸在《楚辞章句》中说：“彭咸，殷贤大夫，谏其君不听，自投水而死。”

【译文】

我已经种下了很多亩的兰草啊，又栽了百亩的蕙草。我还分畦种植了留夷和揭车啊，还在其间种植了杜衡与芳香的白芷。我多么希望这些香草长得枝繁叶茂啊，我愿意等待，到了收获之时，便将它们采摘下来。即使枯萎凋零又有什么可伤感的啊，但令人痛心的却是这些香草变得如同恶草般丛生！那些结党营私的小人都争名逐利、万分贪婪啊，从来都得不到满足。他们对自己都十分宽容，对别人却猜度嫉妒啊！各自存着私念，打着坏主意又充满妒忌之心。急速奔跑着追名逐利啊，这并不是我心中急于得到的。我正在渐渐地走向晚景暮年啊，可我担心的是还没有成就自己的美名！清晨啜饮着木兰上滴落的露水啊，傍晚以秋菊枯落的花瓣为食。如果我的情志的确美好而精纯，始终如一啊，即使是长期的面黄肌瘦又有什么值得伤心的！拿着木兰的细根把白芷系在一处啊，把薜荔联结成串。让菌桂变直再捻缀上蕙草啊，把胡绳捻成修长而美丽的绳索。我效法着前代圣贤的行为举动啊,所佩戴的与流俗之辈并不相同。我的行为虽然与当世之人不相符合啊,我愿遵从殷代前贤彭咸遗留下来的准则!

长太息以掩涕兮,哀民生之多艰。余虽好修姱以鞿羁兮[①],謇朝谇而夕替[②]。既替余以蕙纕兮[③],又申之以揽茝[④]。亦余心之所善兮,虽九死其犹未悔。怨灵修之浩荡兮[⑤],终不察夫民心[⑥]。众女嫉余之蛾眉兮[⑦],谣诼谓余以善淫[⑧]。固时俗之工巧兮,偭规矩而改错[⑨]。背绳墨以追曲兮[⑩],竞周容以为度[⑪]。忳郁邑余侘傺兮[⑫],吾独穷困乎此时也。宁溘死以流亡兮[⑬],余不忍为此态也[⑭]。鸷鸟之不群兮[⑮],自前世而固然。何方圜之能周兮[⑯],夫孰异道而相安?屈心而抑志兮,忍尤而攘诟[⑰]。伏清白以死直兮[⑱],固前圣之所厚。

【注释】

① 虽:即使,虽然。修姱(kuā):美好,这里比喻美德。鞿羁(jī jī):马口上的缰绳和马络头,这里比喻束缚,自我约束。

② 謇(jiǎn):句首发语词,无意义。谇(suì):谏,进谏。还有一种解释为诟,意思是批评指责。替:废弃。诗中指诗人自己被君王废弃不用。

③ 纕(xiāng):佩带。还有一种说法是香荷包。

④ 申:重复。揽茝(zhǐ):姜亮夫认为这里的“揽”应当为“兰”字,这样“兰茝”与上文的“蕙纕”正好成为对句。

⑤ 灵修:这里指楚王。浩荡:放纵,胡乱妄为之意。

⑥ 民:人。这里指屈原自己。

⑦ 蛾眉:蚕蛾之眉,比喻貌美,在这里比喻诗人自己的品德高尚。

⑧ 谣诼(zhuó):造谣诬蔑。淫:淫荡,淫乱。

⑨ 偭(miǎn):违背,违反。规矩:规和矩。规,画圆的工具。矩,画方形的工具。错:通“措”,措施,方法。

⑩ 绳墨：墨斗，木工使用的工具，用来画直线，这里比喻按正道行事。追曲：追随邪曲，比喻肆意妄为，不按照一定规则行事。

⑪ 周容：苟合讨好，取悦别人。度：法度，准则。还有一说解释为态度。

⑫ 忳（tún）：忧愁，郁闷。郁邑：忧愁郁结的样子。侘傺（chà chì）：郁郁不得志，神情恍惚的样子。

⑬ 溘（kè）死：突然死亡。流亡：随着流水消逝。

⑭ 此态：指上文中结党营私之人的工巧、周容的丑恶面目。

⑮ 鸷（zhì）鸟：猛禽，如鹰、雕之类。还有一说是鸷鸟为忠贞自守之鸟。不群：鸷鸟不与众凡鸟同群，比喻忠贞刚直之人不与小人同流合污。

⑯ 方圜：同"方圆"。周：相合，相符。

⑰ 忍尤：忍受罪过。尤，错，罪。攘诟（rǎng gòu）：忍受、包容耻辱。诗中的"屈心"与"抑志""忍尤"与"攘诟"均为对文。

⑱ 伏：通"服"，服气，信服。

【译文】

我长叹啊掩面拭泪，为百姓的生活是如此的艰难而感到悲哀。我爱慕美好的品德并努力的自我约束啊。但早上向君王忠言进谏，傍晚就遭到废弃，竟然是因为我身上佩戴着蕙草，而且还佩戴了兰茝作的装饰啊。这些都是我内心中非常喜好的，即使为此而九死一生我也不会后悔。我怨恨君王的行事放荡荒唐啊，终究不能够体察到我的一片忠心。女人们都嫉妒我美丽的容颜啊，谣言诽谤说我淫荡。世俗本来就是善于投机取巧啊，违背了正确的原则篡改了原来的措施。违反标准却毫无原则啊，争相地以讨好苟合作为行事的法度。郁郁不安我失意不得志啊，唯独我在此时境遇窘迫。我宁愿突然死去随着流水而消逝啊，也不忍做出与那些世俗之人的苟合之态！鸷鸟忠贞自守，卓尔不群啊，从很早之前就一向如此。方和圆又如何能够彼此相容啊，道不同之人又如何能彼此相安？委屈自己的内心压抑自己的情怀啊，忍受着罪恶与耻辱。怀抱着清白之志为正义而死啊，本来就是先代圣贤们所重视的事。

悔相道之不察兮[①]，延伫乎吾将反[②]。回朕车以复路兮，及行迷之未远。步余马于兰皋兮[③]，驰椒丘且焉止息[④]。进不入以离尤兮，退将复修吾初服[⑤]。制芰荷以为衣兮[⑥]，集芙蓉以为裳[⑦]。不吾知其亦已兮，苟余情其信芳[⑧]。高余冠之岌岌兮[⑨]，长余佩之陆离[⑩]。芳与泽其杂糅兮[⑪]，唯昭质其犹未亏[⑫]。忽反顾以游目兮，将往观乎四荒[⑬]。佩缤纷其繁饰兮[⑭]，芳菲菲其弥章[⑮]。民生各有所乐兮[⑯]，余独好修以为常[⑰]。虽体解吾犹未变兮[⑱]，岂余心之可惩[⑲]？

【注释】

① 相(xiàng)道：观察选择道路。还有一种说法为寻找道路。察：审，仔细察看。

② 延伫(zhù)：长久地伫立。还有一种解释为长久地跂足而望。

③ 步余马：让我的马慢慢地走。兰皋(gāo)：长满兰草的水边陆地。

④ 椒丘：长满椒树的山丘。焉：在这里，于此。

⑤ 退：离开，退隐。初服：当初的服饰，未入仕时的服饰。

⑥ 制：裁制。芰(jì)荷：指菱叶与荷叶。衣：衣服，指上衣。

⑦ 芙蓉：荷花。裳：是裙的一种，古人穿的遮蔽下体的衣裙，男女都穿。

⑧ 其：在本句中没有实际意义。

⑨ 岌岌(jí)：很高的样子。

⑩ 佩：身上的佩剑。陆离：美好的样子。

⑪ 芳：芳香之物，也泛指香气，香味。泽：有三种说法：第一种为玉佩有光泽；第二种说法为污秽之物；第三种说法认为这是“臭”字的讹变。糅(róu)：混杂，杂糅之意。

⑫ 唯：有三种说法：一为唯独，只有。二为“辞”，发语词。三同“惟”，意为愿，心中希望。昭质：明洁、洁白的品质。亏：亏损。

⑬ “忽反顾”以下二句：一种说法认为屈原“忽反顾”而去，游目四方之外，“求贤君”“求知己”；另一种说法认为屈原想要离开朝野，远离

事端，隐居避祸。忽，疾，快。游目，放眼四目望去。四荒，四方荒远的地方。

⑭ 缤纷：多而繁盛的样子。繁饰：很多的装饰、佩饰。

⑮ 菲菲：香气很盛的样子。

⑯ 民生：人生之意。

⑰ 好修：喜好修德。常：常规，规则。

⑱ 体解：肢解，古代的一种酷刑。

⑲ 惩(chéng)：惩戒。

【译文】

后悔选择道路时没有仔细观察啊，长久地伫立在那里凝望后我就要迷途知返。我调转车头走回头路啊，趁着错误的道路还未走得太远。让我的马慢慢地行走在长满兰草的水边高地上啊，跑到长满椒树的土丘上暂且在那里休息。在朝堂上忠言直谏不被君王接纳反而获罪啊，我将隐退，离开朝廷重新穿回入仕前的衣服。把菱叶与荷叶裁制成上衣啊，搜集荷花裁制成下裙。世上没有人了解我也就算了吧，只要我的内心真正高洁。加高我的帽冠使它显得更加威严庄重啊，加长我的佩剑使它更加壮美斑斓。芳洁之物和腐臭之物混杂在一处啊，只有高洁的品质尚未受到缺损。忽然间回头展目远望啊，我将要去四方荒远之地。我佩戴上繁多华美的装饰啊，浓郁的芳香使我更加明显。人生各有不同的乐事啊，我偏喜好修养自身的品德，并已经成为一种习惯。即使蒙受肢解之酷刑我也不会改变啊，难道我的心志是任何惩戒可以改变的？

女媭之婵媛兮①，申申其詈予②。曰鲧婞直以亡身兮③，终然殀乎羽之野④。汝何博謇而好修兮，纷独有此姱节⑤。薋菉葹以盈室兮⑥，判独离而不服⑦。众不可户说兮⑧，孰云察余之中情？世并举而好朋兮，夫何茕独而不予听⑨。

【注释】

① 女媭(xū)：争议很多，大致有六种解说：一为屈原的姐姐。二为

屈原的妹妹。三为女巫。四为女伴、侍女。五为卑贱的奴婢,比喻为结党营私之人。六为虚构的女性。婵媛(chán yuán):有四种说法:一为牵引,情思缠绵;二为女媭的姿态美好;三为呼吸急促而喘息的样子;四为婉转陈辞。

② 申申:有三种说法:一为重(zhòng)重,严厉之意;二为反复多次之意;三为和婉的样子。詈(lì):责骂,责怪。

③ 曰:说。以下至"夫何茕独而不予听"是女媭谴责屈原的话。鲧(gǔn):古代神话传说中的部落酋长,号崇伯,禹的父亲。据说曾经奉尧之命去治水,失败而回,后被天帝舜杀死于羽山之野。还有一说是被舜囚禁在羽山,最后在那里死去。婞(xìng)直:倔强,刚强正直。还有一种说法为"刚愎自用"之意。亡身:一种说法为"方命",即不听从指挥,不服命令之意。一种说法为"忘身",即不顾自身安危之意。

④ 殀(yāo):早亡。一说为早死。一说为不得善终而死。还有一说为遏制之意。羽:羽山,地名。

⑤ 纷:众多,繁乱的样子。姱(kuā)节:美好而高尚的节操。还有一说为奇怪的行为。

⑥ 薋(cí)、菉(lù)、葹(shī):三种恶草名,与香草相对。

⑦ 判独:分别地单独远离,与众不同。服:用,佩带。

⑧ 户说:一家一户地说明。还有一种说法为遍说。

⑨ 茕(qióng)独:孤独,独自。不予听:倒装,即"不听予"。予,我。

【译文】

女媭满心牵念着我啊,重重地责骂我。她说当初鲧就是因为刚强正直而不顾自身安危啊,最后过早地死于羽山的郊野。你为什么还见识广博、直言进谏又喜欢修德?唯独你一人拥有这样多美好的节操?蒺藜、荩草、地葵这些恶草种满了整个屋子啊,只有你与众不同,偏偏不肯把它们佩戴在身上。你不可能向每个人都说明你内心中的情志啊,谁又能体察到我们心中的忠诚之本意呢?世上的人们喜欢相互标榜而结为朋党啊,你为什么要孤独地坚守自我却不听我的话呢?

依前圣以节中兮[1]，喟凭心而历兹[2]。济沅湘以南征兮[3]，就重华而陈词[4]。启《九辩》与《九歌》兮[5]，夏康娱以自纵[6]。不顾难以图后兮[7]，五子用失乎家巷[8]。羿淫游以佚畋兮[9]，又好射夫封狐[10]。固乱流其鲜终兮[11]，浞又贪夫厥家[12]。浇身被服强圉兮[13]，纵欲而不忍。日康娱而自忘兮[14]，厥首用夫颠陨[15]。夏桀之常违兮[16]，乃遂焉而逢殃[17]。后辛之菹醢兮[18]，殷宗用而不长[19]。汤禹俨而祗敬兮[20]，周论道而莫差[21]。举贤而授能兮，循绳墨而不颇[22]。皇天无私阿兮[23]，览民德焉错辅[24]。夫维圣哲以茂行兮[25]，苟得用此下土[26]。瞻前而顾后兮，相观民之计极[27]。夫孰非义而可用兮，孰非善而可服[28]。阽余身而危死兮[29]，览余初其犹未悔。不量凿而正枘兮[30]，固前修以菹醢[31]。曾歔欷余郁邑兮[32]，哀朕时之不当[33]。揽茹蕙以掩涕兮[34]，沾余襟之浪浪[35]。

【注释】

① 节中：节制内心的情感，折中之意。

② 喟(kuì)：长叹，叹息。凭：满，满心愤懑之意。历兹：至此。

③ 沅(yuán)：沅水，即沅江，源出贵州省云雾山，东北流经黔阳、常德到汉寿入洞庭湖。湘：湘水，即湘江，源出广西，亦流入洞庭湖，是湖南省最长的河流。

④ 重(chóng)华：舜的美称。还有一种说法是因为舜为重瞳，所以这样称呼。

⑤ 启：即夏启，禹之子，夏朝第一位君主。《九辩》：夏代的乐曲名。还有一种解释为天帝乐名。《九歌》：古代乐曲，相传为禹时的乐歌。还有一说是《九歌》也是天帝乐名。传说，这两首乐曲都是夏启从天帝那儿偷来，用于民间的。

⑥ 夏：有四种说法：一为大；二为夏启之子太康；三为下；四为夏王。这里取第一种解释。康娱：安逸享乐，安乐。

⑦ 不顾难：不顾及灾祸、危难。以图后：考虑到后世，为后代筹谋。

⑧ 五子：有四种说法：一为夏启的五个儿子。二为太康兄弟五人。三为夏启的第五个儿子。四为夏启的兄弟。用失乎："失"为衍文，所以"用失乎"，即"用乎"，用乎，因而，因此。家巷（hòng）：内乱。巷，争斗之意。

⑨ 羿（yì）：神话传说中夏朝有穷氏的国君，曾经推翻夏启，善射，但因不理朝政，被自己的家臣寒浞杀死。佚（yì）：淫佚，放纵。畋（tián）：打猎。

⑩ 好（hào）：喜好。封狐：大狐。还有一种说法认为"狐"是"豨"的误写，意为大猪。

⑪ 乱流：谋逆之流。鲜（xiǎn）终：很少有好的下场。

⑫ 浞（zhuó）：传说中夏时有穷氏后羿之相。因为羿不理政事，寒浞趁其打猎之时杀死了羿自立为王。厥（jué）：其，这里指羿。家（gū）：通"姑"，古时对妇女的称呼，这里是指羿的妻室。

⑬ 浇（ào）：古代传说中夏代寒浞之子。被（pī）服强圉（yǔ）：凭借着自己强壮有力。一种说法为身穿着坚硬的盔甲。

⑭ 自忘：忘记了自身的危难。

⑮ 用夫：因此。颠陨（yǔn）：陨落，坠落。

⑯ 夏桀：夏朝最后一位君主，名履癸，暴君。常违：时常违背天理和常规。

⑰ 逢殃：遭到祸患。夏桀之结局，有两种说法：其一，汉王逸在《楚辞章句》认为是被商汤所诛灭。其二，宋朱熹在《楚辞集注》认为，遭到祸患之后，被商汤所流放。

⑱ 后辛：即商纣王。后，君主之意。辛，纣王之名。菹醢（zūhǎi）：亦写作"葅醢"，古代的一种酷刑，即把人剁成肉酱。后来泛指被处死。

⑲ 殷宗：殷商的天下。用而：因而，因此。

⑳ 汤禹：商汤和夏禹。还有一种说法为大禹。俨（yǎn）：恭敬，庄重的样子。祇（zhī）敬：敬，恭敬。

㉑ 周：有三种说法。一为周文王；二为周文王与周武王；三为周密

而慎重地选择贤能人士。

㉒ 循(xún):遵循,顺着。绳墨:木工的工具,用来画直线。在这里比喻规则、法度。

㉓ 皇天:对天或天神的尊称。私阿(ē):私心偏爱,庇佑之意。

㉔ 民德:有德行的君王。错辅:错,通"措",设置,安排。错辅,即安排辅助。

㉕ 维:通"唯",只,只有。圣哲:有德行才智的圣人。茂行:美好的德行。

㉖ 苟:才能,于是。用:拥有,治理。下土:国土,天下。

㉗ 相(xiàng):仔细查看,观察。计极:计,计谋,计策;极,穷也。

㉘ 服:行,施行,行事。

㉙ 阽(diàn):临近边缘,这里指危险边缘。危死:濒临死亡。

㉚ 凿(záo):下榫的孔。正:确定。枘(ruì):接入榫眼的榫头。

㉛ 前修:前代的圣贤,此处指遭受到菹醢之刑的前代圣贤之士。

㉜ 曾:通"增",屡屡,不止一次。歔欷(xūxī):叹息,悲泣。郁邑:即"郁悒",烦闷,苦闷。

㉝ 哀朕时之不当:哀叹自己生不当举贤之时。当,值,遇。

㉞ 茹:柔软。还有一种说法为香草名。

㉟ 沾:沾湿,浸湿。浪浪:流淌不止。

【译文】

遵循前代圣贤的价值标准节制内心的情感啊,满心愤懑叹息为何遭到如此的厄运。渡过沅水、湘水向南前行啊,到帝舜那里大声陈说,倾诉衷情:夏启从天帝那里偷来《九歌》与《九辩》啊,便寻欢作乐,恣意妄为,纵欲无度。夏启不顾及灾祸不考虑后果啊,结果他的五个儿子因而发生了内讧。后羿过度沉溺于游乐与打猎啊,又喜好射杀大的狐狸以此取乐。淫乱者本来就恣肆妄为很少有好的下场啊,寒浞又夺取了后羿的政权并且贪恋占有了他的妻子。寒浞之子浇依仗着强悍的武力啊,放纵自己的欲望而不加节制。每天安逸享乐忘记了自身的安危啊,因而被砍掉了头颇。夏桀的所作所为不合常情啊，最终遭到了灭顶之灾。纣王辛将人剁成肉酱啊，殷商的国运因此而不能长久。商汤和夏禹庄严而又敬重神灵啊，周文王和周武王讲论治国的正道而没有差错。他们举贤任能啊，遵循法度而没有偏颇。上天没有偏袒之心啊，看到谁有德行，能得百姓之心就辅佐他。只有具有美德智慧贤能的人啊，才能够拥有这天下。我回头看看这历史啊，仔细考察人世治变的道理。哪有因为不忠而被任用啊，哪有因为不善之事可行！我身陷危险之际，几近死亡啊，但回看其初心，却从未后悔过。不度量榫孔而选用正确的榫头啊，这本来就是先代圣贤们被剁成肉酱的原因。我长叹不已，心中更加抑郁忧伤啊，深深地悲叹自己生不逢时。我拿起柔软的蕙草擦拭我的眼泪啊，然而泪水涟涟，打湿了衣服的前襟。

跪敷衽以陈辞兮①，耿吾既得此中正②。驷玉虬以椉鹥兮③，溘埃风余上征④。朝发轫于苍梧兮⑤，夕余至乎县圃⑥。欲少留此灵琐兮⑦，日忽忽其将暮。吾令羲和弭节兮⑧，望崦嵫而勿迫⑨。路曼曼其修远兮⑩，吾将上下而求索⑪。饮余马于咸池兮⑫，总余辔乎扶桑⑬。折若木以拂日兮⑭，聊逍遥以相羊⑮。前望舒使先驱兮⑯，后飞廉使奔属⑰。鸾皇为余先戒兮⑱，雷师告余以未具⑲。吾令凤鸟飞腾兮⑳，继之以日夜。飘风屯其相离兮㉑，帅云霓而来御㉒。纷总总其离合兮㉓，斑陆离其上下㉔。吾令帝阍开关兮㉕，倚阊阖而望予㉖。时暧暧其将罢兮㉗，结幽兰而延伫。世溷浊而不分兮㉘，好蔽美而嫉妒㉙。

【注释】

① 敷：摆开，铺开。衽（rèn）：衣服的前襟。

② 耿：明亮光明。中正：中正之道，即上文所说的忠臣辅佐明主、昏君与乱臣相互残害的道理。

③ 驷（sì）：驾着一辆车的四匹马，或者四匹马驾驶的一辆车。诗中

的意思是以四虬驾车，动词意。虬（qiú）：无角之龙。椉（chéng）：通“乘”。鹥（yì）：鸟名，凤凰的一种，身有五彩花纹。

④ 溘（kè）：掩着，压。埃：尘埃。征：行，此处指乘着四条虬龙所驾的凤凰之车飞上天空。

⑤ 发轫（rèn）：撤掉使车轮停转的木头，使车前行。这里指起程，出发。苍梧：即九嶷山，在湖南省宁远县东南。传说舜葬于此。

⑥ 县圃：又写作玄圃、悬圃，传说中神仙居住的地方，在昆仑山顶，后来也泛指仙境。

⑦ 灵琐：君门。姜亮夫《屈原赋校注》以为即玄圃之门。

⑧ 羲（xī）和：古代神话传说中为太阳驾车的神。弭（mǐ）节：按节而行，缓慢地行走。节，车子行驶的节奏。

⑨ 崦嵫（yān zī）：神话中的山名，在甘肃省天水市西境，传说以为太阳落下的地方。迫：迫近，逼近。

⑩ 曼曼：漫漫，形容路途很遥远。修远：辽远，长远。

⑪ 上下而求索：关于求索的对象，学术界争议很大。主要有三种说法：第一种说法是与自己志同道合的贤能的人；第二种说法是贤能的君主；第三种说法是天帝之所在。

⑫ 咸池：神话中太阳洗澡的地方。

⑬ 总：系，结。辔（pèi）：缰绳。扶桑：神话中的树名，生长于太阳升起的地方。后用来称东方极远之处或日出之处。

⑭ 若木：古代神话中的树名，生长于昆仑山的极西之地，相传为日落之处。还有一种说法是若木即扶桑。

⑮ 聊逍遥以相羊：逍遥，优游自得，安闲自在的样子。相羊，即“徜徉”，徘徊的意思。

⑯ 望舒：传说中为月亮驾车的神。先驱：开路前锋，这里指向导。

⑰ 飞廉：神话中的风神。还有一种说法是能致风的神鸟。奔属（zhǔ）：奔跑着紧紧跟随。

⑱ 鸾（luán）皇：亦作“鸾凰”。鸾与凰，都是凤一类的鸟。

⑲ 雷师：神话中的雷神，名丰隆。未具：还没有做好驾御的准备。

⑳ 凤鸟：即凤凰。

㉑ 飘风：旋风。屯：会合，集中，聚在一起。离：附着，依附之意。

㉒ 帅：通“率”，率领。霓（ní）：一种虹，又叫副虹。

㉓ 总总：众多的样子。

㉔ 斑：五颜六色。陆离：光辉绚丽的样子。

㉕ 帝阍（hūn）：为天帝守门的人。阍，守门人。

㉖ 阊阖（cháng hé）：传说中之天门。

㉗ 暧暧（ài）：日光昏暗不明的样子。罢：有三种说法：一为疲惫；二为完结；三为月魂初生时发出的光。

㉘ 溷（hùn）浊：溷，通“混”，混乱污浊之意。

㉙ 美：品德、智慧兼具之人。

【译文】

我跪在地上，铺开我的衣襟慷慨陈说我的情怀啊，内心感受到了光明，得到了正确的方向。我乘着四条虬龙所驾的凤车啊，驭风直上云霄。清晨驾车从苍梧山出发啊，傍晚就到了县圃。我想要在天门前稍稍停留啊，天色却已接近黄昏。我命太阳神羲和慢慢前行啊，看到崦嵫山而不要接近它。前路遥远而漫长啊，我将上天入地去寻找吾辈中人。我在咸池饮我的马啊，将马的缰绳系在扶桑树上。我折下若木的枝叶遮蔽日光啊，暂且逍遥，自由自在。月神望舒在前面为我带路啊，风神紧随其后。鸾皇在前面为我清道警戒啊，而雷神却告诉我还未准备好。我命令凤鸟们驾车腾翔于九天啊，夜以继日地向前进发。旋风聚集不散啊，率领着云霓前来迎接我。来势凶猛忽散忽聚啊，光彩夺目，忽高忽低，飘浮不定。我命天帝的看门人把天门打开啊，他却倚着天门望着我。此时已近黄昏，太阳就要西斜啊，我只有编结着幽香的兰草，长久地停下来等待。世间混乱污浊，善恶不分啊，喜欢掩盖美好的事物，并且嫉妒贤能的人。

朝吾将济于白水兮[①]，登阆风而緤马[②]。忽反顾以流涕兮，哀高丘之无女[3]。溘吾游此春宫兮[4],折琼枝以继佩[5]。及荣华之未落兮[6],相下女之可诒[7]。吾令丰隆椉云兮[8],求宓妃之所在[9]。解佩纕以结言兮[10],吾令蹇修以为理[11]。纷总总其离合兮[12],忽纬繣其难迁[13]。夕归次于穷石兮[14],朝濯发乎洧盘[15]。保厥美以骄傲兮[16],日康娱以淫游。虽信美而无礼兮,来违弃而改求[17]。览相观于四极兮[18],周流乎天余乃下。望瑶台之偃蹇兮[19],见有娀之佚女[20]。吾令鸩为媒兮[21],鸩告余以不好。雄鸠之鸣逝兮,余犹恶其佻巧[22]。心犹豫而狐疑兮[23],欲自适而不可。凤皇既受诒兮[24],恐高辛之先我[25]。

【注释】

① 白水:神话中的河流名,发源于昆仑山,相传饮其水可以长生不死。

② 阆(làng)风:神话中的地名。在昆仑之上,神仙居住的地方。緤(xiè)马:拴住马。

③ 高丘:楚国山名。另一种说法为传说中的神山。

④ 春宫:传说中东方青帝居住的地方。

⑤ 琼枝:传说中玉树的枝叶。

⑥ 荣华:花朵,比喻美丽的容颜或美好的年华。

⑦ 相(xiàng):看,看见。下女:有多种说法,洪兴祖的《楚辞补注》认为这里是"喻贤人之在下者"。朱熹的《楚辞集注》认为是神女的侍女。蒋骥的《山带阁注楚辞》认为指的是"下处宓妃诸人;对高丘言,故曰下"。诒(yí):通"贻",送,赠送。

⑧ 丰隆:传说中的雷神之名,后来多用于雷的代称。另一种说法是云神。

⑨ 宓(fú)妃:神话中伏羲氏的女儿,溺于洛水,后成为洛水女神。

⑩ 纕(xiāng):佩带。结言:用言辞订立誓约。

⑪ 蹇修:人名,传说中伏羲氏的臣子,古之圣贤。理:提亲的人,媒人。

⑫ 纷总总：乱糟糟，此处形容宓妃的态度变化不定。

⑬ 纬繣（huà）：违拗，乖戾。

⑭ 次：住宿，留宿。穷石：神话中的山名。

⑮ 濯（zhuó）：洗。洧（wěi）盘：神话中的水名。传说发源于日落之城崦嵫。

⑯ 保：依仗，仗恃。厥（jué）：第三人称代词，此指宓妃。

⑰ 来：乃，于是。违弃：抛开，抛去。

⑱ 览相观：三字都是看的意思。四极：四方之极，即四方的尽头。

⑲ 瑶台：用美玉砌成的高台。偃（yǎn）蹇：高耸。

⑳ 有娀（sōng）：传说中的古国名。商人始祖契的母亲简狄，即有娀氏。佚女：美女。指简狄。

㉑ 鸩（zhèn）：传说中的一种毒鸟，以蛇为食，羽毛浸酒，饮之则死。

㉒ 恶（wù）：憎恶，厌恶。佻（tiǎo）巧：轻佻巧利。

㉓ 犹豫：迟疑不定。狐疑：怀疑，犹豫不决。

㉔ 凤皇：即凤凰。受诒：诒，通“贻”，指聘礼。指凤凰已经接受了帝喾给简狄的聘礼，准备说媒。

㉕ 高辛：即帝喾，帝喾最初在辛受封，继承帝位之后，号高辛氏。

【译文】

清晨我将渡过白水啊，登上阆风山拴住我的马而停下我的脚步。忽然回过头去眺望楚国大地而潸然泪下啊，哀伤楚地高丘没有美女。我迅速地游览这青帝所居住的春宫啊，折下那玉树上的枝叶来补充我的佩饰。趁着美丽的花朵还未凋零啊，我要寻访一位下界的美女把这些花赠送给她。我命令雷神起降乘着云朵啊，去寻找宓妃的所在。我解下佩带订下誓约啊，命蹇修来当我的媒人。那宓妃的态度变幻莫测，若即若离啊，违拗乖戾，难以改变。宓妃夜晚在穷石停宿啊，早上在洧盘清洗她的秀发，梳妆打扮。仰仗着自己的美貌而骄傲啊，每天安然享乐而没有节制。她确实美丽而不讲礼法啊，既然如此，那么我就抛开她去别处寻求吧！考察四方之极啊，在天上周游之后我又降临到人间。望着高拔的玉台啊，我看到了有娀氏的美女。我令鸩鸟去为我说媒啊，可它又告诉我它不喜欢这个差事。雄鸠鸣叫着远去为我说媒啊，我又厌恶它太轻佻讨巧。我犹豫不定满腹狐疑啊，想要自己亲自去求婚，但又不合礼数。凤凰已经接受了聘礼为帝喾说媒啊，恐怕他抢到我前面了。

欲远集而无所止兮，聊浮游以逍遥①。及少康之未家兮②，留有虞之二姚③。理弱而媒拙兮，恐导言之不固④。世溷浊而嫉贤兮⑤，好蔽美而称恶。闺中既以邃远兮⑥，哲王又不寤⑦。怀朕情而不发兮，余焉能忍与此终古。

【注释】

① 浮游：没有目的地漫游。逍遥：彷徨，徘徊不进的样子。

② 少康：传说中夏朝的中兴之主，夏后相的儿子。

③ 有虞：国名，传说是虞舜后裔的部落国家，姚姓。二姚：有虞国君的两个女儿。

④ 导言：传达的话，指提亲者和媒人传达的话。

⑤ 世溷（hùn）浊：世道混乱并且污浊。

⑥ 闺中：小门谓之“闺”，闺中，指古代女子所居住的房间。邃（suì）远：深而远。

⑦ 哲王：有智慧的君主。寤（wù）：通“悟”，醒悟，一下子觉醒过来。

【译文】

想在远方居住停留却没有容身之地啊，姑且漫游天地流浪四方而徘徊不前。趁着少康还未成家娶妻啊，有虞国君的两个女儿尚且待字闺中。提亲之人无能媒人笨拙啊，恐怕他们传达的话语不能让人信服。世道污浊混乱嫉恨贤能啊，喜欢遮盖美善的而宣扬丑恶的。君王的宫闱又深又远啊，明智之君却偏偏不醒悟！怀抱着忠贞之情却无处倾诉啊，我怎能长久地忍受这种情况？

索藑茅以筳篿兮[1]，命灵氛为余占之[2]。曰两美其必合兮[3]，孰信修而慕之？思九州之博大兮[4]，岂唯是其有女[5]？曰勉远逝而无狐疑兮[6]，孰求美而释女[7]？何所独无芳草兮[8]，尔何怀乎故宇[9]？世幽昧以昡曜兮[10]，孰云察余之善恶。民好恶其不同兮，惟此党人其独异[11]。户服艾以盈要兮[12]，谓幽兰其不可佩。览察草木其犹未得兮，岂珵美之能当[13]？苏粪壤以充帏兮[14]，谓申椒其不芳。欲从灵氛之吉占兮，心犹豫而狐疑。巫咸将夕降兮[15]，怀椒糈而要之[16]。百神翳其备降兮[17]，九疑缤其并迎[18]。皇剡剡其扬灵兮[19]，告余以吉故。曰勉升降以上下兮[20]，求矩矱之所同[21]。汤禹严而求合兮[22]，挚咎繇而能调[23]。苟中情其好修兮，又何必用夫行媒[24]。说操筑于傅岩兮[25]，武丁用而不疑[26]。吕望之鼓刀兮[27]，遭周文而得举[28]。宁戚之讴歌兮[29]，齐桓闻以该辅[30]。及年岁之未晏兮[31]，时亦犹其未央。恐鹈鴂之先鸣兮[32]，使夫百草为之不芳。何琼佩之偃蹇兮[33]，众薆然而蔽之[34]。惟此党人之不谅兮，恐嫉妒而折之。时缤纷其变易兮[35]，又何可以淹留。兰芷变而不芳兮，荃蕙化而为茅[36]。何昔日之芳草兮，今直为此萧艾也[37]。岂其有他故兮，莫好修之害也。余以兰为可恃兮[38]，羌无实而容长[39]。委厥美以从俗兮[40]，苟得列乎众芳。椒专佞以慢慆兮[41]，榝又欲充夫佩帏[42]。既干进而务入兮[43]，又何芳之能祗[44]。固时俗之流从兮[45]，又孰能无变化。览椒兰其若兹兮，又况揭车与江离[46]。惟兹佩之可贵兮，委厥美而历兹[47]。芳菲菲而难亏兮[48]，芬至今犹未沬[49]。和调度以自娱兮[50]，聊浮游而求女。及余饰之方壮兮[51]，周流观乎上下。

【注释】

① 藑（qióng）茅：一种多年生的茅草，用于占卜之意，又称灵草。筳篿（tíng zhuān）：筳，竹片。筳篿，楚人用茅草和竹片来进行占卜。

② 灵氛：有多种解释。其有一种说法是，“灵”巫师之意，“氛”即巫

师的名字。还有一种说法为神的名字。另外,还有人认为,灵指天地间灵气。占(zhān):占卜,算卦之意。

③ 曰:一种说法认为这以下的四句是灵氛的回答;一种说法认为这以下的四句是屈原问卜的话。两美其必合:这里"两美"有比喻的意谓,承上文中的"求女"而来,指男女相当,在这里比喻为明君与贤臣的遇合。

④ 九州:古代中国被分为九州,但说法不一。《书·禹贡》中认为九州是冀、徐、梁、雍、兖、荆、扬、青、豫九州,此处意义更为宽泛,指中国。

⑤ 是:这里,指楚国。还有一种说法指上文提到的天地四方,即宓妃、简狄以及二姚所处之地。女:美女。

⑥ 曰:以下四句也是灵氛占卜之后劝告诗人屈原的话。

⑦ 女:即"汝",第二人称代词,你。

⑧ 芳草:比喻所追求的对象,即贤能之人。

⑨ 故宇:宇,屋檐之意。故宇指故乡,旧居。

⑩ 眩曜(xuàn yào):迷惑混乱。眩,一作"眩"。曜,通"耀"。

⑪ 党人:朋党,结党营私的小人。

⑫ 服:佩戴。艾:蒿草,一种恶草。盈要:要,通"腰",盈要,即满腰。

⑬ 珵(chéng):美玉。当:估价。

⑭ 苏:即"索",取之意。帏(wéi):身上所佩戴的香囊。

⑮ 巫咸:古神巫之名,史有其人,但后人加以神化。

⑯ 椒糈(xǔ):椒,香木名,花椒。糈,精米。用花椒拌和着精米。要(yāo):同"邀",迎候,迎接。

⑰ 翳(yì):遮蔽之意。备降:全部降临。

⑱ 九疑:即九嶷山,在今湖南省宁远县南。这里指九嶷山上的诸神。

⑲ 皇剡剡(yǎn):皇,大之意。剡剡,金光闪烁的样子。扬灵:显现出神的灵验。

⑳ 曰:以下至"使夫百草为之不芳"都是巫咸的话。升降以上下:上天入地去追寻,指寻找圣君贤主。

㉑ 矩矱(yuē):矩,指画方形的工具。矱,量长短的工具。矩矱,引

申为规矩法度。

㉒ 严：通“俨”，恭敬，敬重。合：匹也，这里指与自己能够合作相助的人。

㉓ 挚(zhì)咎繇(gāo yáo)：挚，商汤的贤相伊尹。咎繇，即“皋陶”，夏禹的贤相。调：有三种说法：一说为调和，协调之意；二说为合适之意；三为选拔、进用之意。

㉔ 媒：这里指向君王及左右传达自己意愿的媒介、使臣。

㉕ 说(yuè)：即傅说，殷高宗武丁时期的贤臣。操，持，拿。筑，捣土用的杵。傅岩：地名，传说傅说原是一个奴隶，曾在此服贱役，在今山西省平陆县东。

㉖ 武丁：殷高宗之名，殷商一代中兴之主。

㉗ 吕望：即姜子牙，名尚。晚年被周文王任用，并助武王伐纣。鼓刀：相传姜子牙曾在朝歌当屠夫，鼓刀就是指屠宰和卖刀时要鼓刀有声。

㉘ 周文：即周文王姬昌。

㉙ 宁戚：春秋时期卫国人。《史记·鲁仲连邹阳列传》中记载：“宁戚饭牛车下，而桓公任之以国。”

㉚ 齐桓：齐桓公，春秋五霸之一，任用宁戚辅佐自己。该辅：用为辅佐之臣。该，备。

㉛ 晏：迟，晚。

㉜ 鹈鴂(tí jué)：即子规、杜鹃。

㉝ 琼佩：美玉做的佩饰。偃蹇：众盛貌。

㉞ 薆(ài)然：遮蔽起来的样子。

㉟ 缤纷：形容时世纷乱的样子。

㊱ 茅：茅草，恶草，诗中用以比喻奸佞小人。

㊲ 直：竟，竟然。萧，白蒿。艾，艾蒿。萧艾：比喻谗佞小人。

㊳ 兰：指子兰，楚怀王之少子，楚顷襄王之弟。还有一种说法认为这里的“兰”是指兰草，比喻变节的小人。

㊴ 无实：虚有其表，没有实质。容长：外表美好。长，美好。

㊵ 从俗：随从世俗，与别人同流合污。

㊶ 椒：一种说法认为是指楚国的大夫子椒。另一种说法认为椒为花椒之意，指蜕化变节的人。慢慆（tāo）：傲慢无礼。

㊷ 榝（shā）：茱萸一类的植物。夫：于。

㊸ 干进：干，求。干进，求上进，谋求仕进。务入：与“干进”同义，钻营之意。

㊹ 祗（zhī）：尊敬，敬重。

㊺ 流从：有如水势顺流而下，诗中比喻不辨是非，随波逐流。

㊻ 揭车与江离：比喻变节之贤能者。

㊼ 委：丢弃，抛弃。历兹：遭遇灾祸，到了这种地步。还有一种说法是至今之意。

㊽ 亏：亏损，损害。

㊾ 沬（mèi）：消散之意。

㊿ 调度：格调和法度。调，格调。度，气度，法度。

51 饰：佩饰之意，这里比喻岁月。壮：这里比喻年富力强。

【译文】

我取来蒉茅和竹片啊，令灵氛为我占卜。常言说两方都是美好的，就一定会结合啊，谁又真正对美好事物有思慕之心呢？我想到九州之地如此广大啊，难道只有这个地方才有美丽的女子？巫咸占卜之后对我说，你要努力远行而不要犹豫不决啊，有哪个真正想追求美好事物的人会把你舍弃？世间哪里没有芳草啊，你何必对故乡恋恋不舍呢？世道昏黑昧暗令人迷惑啊，谁又能体察到自己心中的善与恶呢！人的好与恶固然有区别啊，只有结党营私之徒格外不同。家家户户将腰间挂满了艾蒿啊，却说幽香的兰草不能作佩饰。他们连察考草木都不得当啊，对美玉的价值又怎能正确地衡量？拾取粪土塞满了身上佩戴的香囊啊，却说申椒毫无芳香之气。我打算听从灵氛吉祥的占卜远去啊，心里却还犹疑不定。巫咸将要在黄昏降临啊，我将要怀揣着香料和精米前去迎接。众神纷纷降临遮蔽了整个天空啊，九嶷山上的神灵们也纷纷赶来迎候。神灵们金光闪闪，现出了灵威啊，告诉我吉祥的理由。巫咸说，你上天入地努力地周游四方啊，寻求与自己志同道合的人。汤禹诚心诚意地寻求与自己合作的贤能啊，伊尹、皋陶因此得以与他们协调合作。只要内心都爱好修洁啊，又何必通过媒介来进行沟通呢。傅说当年作为奴隶在傅岩操杵修筑房屋啊，武丁任用他而毫无猜疑之心。姜尚当年是个挥刀的屠夫啊，遇到了周文王而为他所用。宁戚击牛角而歌啊，齐桓公听说后便让其入朝辅佐自己。趁着年龄未老啊，时光还未尽。害怕的是杜鹃早早鸣叫啊，百花将要凋零，芬芳不再。美玉做的佩饰是多么华美而高贵啊，人们却将它的光芒遮蔽？只有这些结党营私之徒居心叵测啊，恐怕嫉妒而将它摧折。时事纷乱而又善恶易变啊，又有什么理由久留？兰草、白芷都被同化，变节而没有了芬香之气啊，荃、蕙也变得与茅草一样。为什么从前的那些香草啊，如今竟然变成了萧艾！难道是还有别的什么理由吗？就是不喜好修洁美德而带来的祸害啊！我以为兰草是可以依赖啊，却不知它虚有其表，外貌修颀却无内美。抛弃了它内在的美好而迎合世俗啊，苟且得以列入芳草之列！花椒专门喜好阿谀谄媚而又傲慢无礼飞扬跋扈啊，榝又想填充进人们佩戴的香囊里。既然一心只想钻营而汲汲于名位啊，又怎能对芳草抱有敬重之意呢？时俗本来就是随波逐流啊，谁又能不发生改变呢？看到椒和兰都尚且如此啊，又何况揭车和江离？只有我所佩戴的香囊如此可贵啊，它却被人委弃，竟然到如此田地。这个香囊香气浓郁难以消损啊，芳香至今还未消失。我调节着进行的节奏和佩玉的声响，自娱自乐啊，暂且远去而寻找红颜知己。趁着我还年富力强啊，我要周游天地，上下求索。

灵氛既告余以吉占兮，历吉日乎吾将行。折琼枝以为羞兮[①]，精琼爢以为粻[②]。为余驾飞龙兮，杂瑶象以为车[③]。何离心之可同兮，吾将远逝以自疏[④]。邅吾道夫昆仑兮[⑤]，路修远以周流。扬云霓之晻蔼兮[⑥]，鸣玉鸾之啾啾[⑦]。朝发轫于天津兮[⑧]，夕余至乎西极[⑨]。凤皇翼其承旂兮[⑩]，高翱翔之翼翼。忽吾行此流沙兮，遵赤水而容与[11]。麾蛟龙使梁津兮[12],诏西皇使涉予[13]。路修远以多艰兮,腾众车使径待[14]。路不周以左转兮[15],指西海以为期[16]。屯余车其千乘兮[17],齐玉轪而并驰[18]。驾八龙之婉婉兮[19],载云旗之委蛇[20]。抑志而弭节兮[21],神高驰之邈邈[22]。奏《九歌》而舞《韶》兮[23],聊假日以媮乐[24]。陟升皇之赫戏兮[25],忽临睨夫旧乡[26]。仆夫悲余马怀兮[27],蜷局顾而不行[28]。

乱曰[29]:已矣哉,国无人莫我知兮,又何怀乎故都?既莫足与为美政兮[30],吾将从彭咸之所居。

【注释】

① 羞:同"馐",肉脯。

② 精:捣碎。琼靡(mí):美玉的碎屑,玉粒。粻(zhāng):粮食。

③ 瑶象:瑶,美玉,还有一说认为是似玉的美石。象,象牙。

④ 自疏:自我疏远,主动离开楚国远行。

⑤ 邅(zhān):楚地方言,转弯,转向。昆仑:神话传说中的昆仑山。

⑥ 晻蔼(ǎn ǎi):日光微弱黯淡的样子。

⑦ 鸾:鸾形的铃。啾啾(jiū):形容铃声如鸟鸣一样。

⑧ 天津:天河之渡口。

⑨ 西极:西方的尽头,传说为日落之处。

⑩ 翼:动词,张开翅膀。承旂(qí):指凤旗和龙旗随风飘展,交互掩映。承,接。旂,即旗,绘有双龙缠斗图样的,有铃铛的旗子。

⑪ 遵:沿着,顺着。赤水:传说中的河水名,源于昆仑山。容与:悠闲自得的样子。

⑫ 麾(huī):号令,指挥。蛟龙:蛟与龙,传说中的两种龙。梁津:在渡口之间架起浮桥。梁,桥,这里是架桥之意。

⑬ 诏:命令。西皇:神话中的西方之神,一说为少皞,一指蓐收。

⑭ 腾:吩咐,告诉。径待:径,径直,直接。待,等,等候。抄近的小路来等候。

⑮ 不周：神话传说中的山名，位于昆仑山西北。

⑯ 西海：神话传说中的湖名，在西方遥远之地，传说西皇就住在那里。

⑰ 乘（shèng）：一车四马曰乘。

⑱ 轪（dài）：把车轮与车轴固定在一起的插栓。

⑲ 婉婉：曲折前行的样子。

⑳ 委蛇（wēi yí）：即逶迤，形容旌旗迎风飘扬，舒卷的样子。

㉑ 抑志：压抑、控制心志。弭（mǐ）节：弭，停，止。节，行车的节奏。弭节，即停车。

㉒ 邈邈（miǎo）：高远的样子。

㉓《九歌》：上古时的乐曲名。《韶》：相传为舜帝的舞乐，即《九韶》。

㉔ 假日：假借时日，姑且借此。媮（yú）：一种说法是愉悦，欢乐之意；另一种说法是苟且之意。

㉕ 陟（zhì）：升，与"降"相对。皇：天。赫戏：辉煌光明的样子。

㉖ 睨（nì）：斜着眼睛看。旧乡：故乡，即楚国。

㉗ 仆夫：为作者驾车的仆人。怀：怀恋，眷恋。

㉘ 蜷（quán）局：蜷曲，弯曲不伸的样子。

㉙ 乱：即尾声，古代乐曲的结尾称为乱。楚辞篇末的乱，往往对全篇作一个概括。

㉚ 美政：美好的政治理想，指诗人心目中的理想政治。

【译文】

灵氛已经告诉我这个吉祥的卜辞啊，我将选好吉祥的日子出门远行。我折下琼枝当作美味珍馐啊，将美玉捣制成玉屑作为干粮。为我驾起那飞龙啊，用美玉象牙来点缀装饰车身。离心离德如何能共同相处啊，我将远去离开故国而自我疏远。调转方向我要向昆仑山前进啊，路途遥远我也要周游四方。举起那云霓之旗遮天蔽日啊，鸾形的玉铃啾啾作响。清晨我从天河的渡口出发啊，傍晚时我要到达西方的尽头。凤凰张开翅膀撑起旗子啊，翱翔于天际悠然自得。我快步行走到西方的大沙漠啊，悠闲自得地沿着赤水前行。我指挥蛟龙在渡口为我架起桥梁啊,命令西皇渡我过河。路途遥远漫长而险阻重重啊,传令众车直接超越我而到前面等候。路经不周山之后转而向左啊,遥指西海作为会合之处。聚集上千辆车啊,使之排列整齐,并驾齐驱。驾乘着八匹龙马曲折前行啊,载着迎风飞舞的云旗。压抑我的情志控制着行车的速度,神思飞扬,高飞到远方。弹奏起《九歌》,应起《韶》乐而舞啊,姑且借这良辰美景而娱乐身心。飞升到光明灿烂的天空啊,忽然向下一瞥看到故乡楚国。我的仆人悲伤,马儿留恋啊,弯曲着身子回头望着故乡不肯前行。

尾声:就这样算了吧,楚国上下,无人能够理解我啊,又何必眷恋我的故国呢?既然没有谁能与我一起去实现美好的政治理想,我将追随彭咸到他所在的地方。

九 歌

【题解】

《九歌》最开始是在楚国的民间流传的一组祭祀诸神的乐歌。屈原听到后,对其进行了加工和改写,从而具有了新的体制特点和屈原自己的独特的气质。《九歌》一共有十一篇。关于“九”的意义,它是实指,还是虚指,至今仍是学术界争论的焦点。《文选五臣注》中张铣主张“九”为虚指,不是确指数字。他说:“九者,阳数之极,自谓否极,取为歌名矣。”朱熹的《楚辞集注》也未有新的说法,但他不认可张铣的看法,并加以批评,认为:“篇名《九歌》而实十有一章,盖不可晓。旧以九为阳数者,尤为衍说。或疑犹有虞、夏《九歌》之遗声,亦不可考。今姑阙之,以俟知者,然非义之所急也。”从明朝开始,主张实指的学者逐渐多了起来,其中,汪瑗的解释较为合理,他在《楚辞蒙引》中说:“(《九歌》)末一篇固前十篇之乱辞也。《大司命》《少司命》固可谓之一篇,如禹、汤、文武谓之三王,而文武固可为一人也。《东皇太一》也,《云中君》也,《湘君》也,《湘夫人》也,二《司命》也,《东君》也,《河伯》也,《山鬼》也,《国殇》也,非九而何?”无论如何,这些争论的重点就在于,将《九歌》中哪些篇目能够合并,为什么这样合并。到了近代以后,“循名责实”的意识渐渐地被淡化,比如陆侃如就认为:“《九歌》是楚国民间祭歌,共十一篇,前十篇每一篇祭一个神,最后一篇《礼魂》是送神曲。”这既继承了汪瑗等人的论点,又不再对生硬地解为《九歌》的篇目与总题相符。现在学术界普遍的观点认为《九歌》的前五篇《东皇太一》《云中君》《大司命》《少司命》《东君》是用来祭祀天神的,演唱形式为主巫和群巫轮流演唱,其中主巫饰演为天神,群巫饰演为世间众人。例外的是《东皇太一》,在这里,主巫只是在祭坛出现,但并不参与演唱;后四篇《湘君》《湘夫人》《河伯》《山鬼》是用来祭祀人世间的神祇的，这里的主巫则饰演为神祇，自己演唱，自己跳舞，并没有像前五篇那样有其他群巫；《国殇》则为了祭祀楚国阵亡的将士，是一曲哀歌。与祭天神相似，由主巫与群巫轮流对唱；最后一篇《礼魂》为送魂之曲，表明祭祀仪式的结束。“天神”“地神”“人鬼”，这一结构，正是体现了《九歌》的完整性及系统性。姜亮夫则认为，东君与云中君、大司命与少司命、湘君与湘夫人、河伯与山鬼正好是四对配偶神。

王逸在《楚辞章句》中解释道：“《九歌》者，屈原之所作也。昔楚国南郢之邑，沅、湘之间，其俗信鬼而好祠，其祠必作歌乐鼓舞以乐诸神。屈原放逐，窜伏其域，怀忧苦毒，愁思沸郁。出见俗人祭祀之礼，歌舞之乐，其词鄙陋。因为作《九歌》之曲，上陈事神之敬，下见己之冤结，托之以风谏。故其文意不同，章句杂错，而广异义焉。”这肯定了屈原是为了把楚风遗俗流传下去而创作了《九歌》。朱熹在《楚辞集注》进一步说明，《九歌》是屈原对已经存在的民间祭歌的再加工，再创作。诗中情感委婉细腻，其中表现悲欢离合的男女爱情之作，则清丽典雅脱俗，抒情性很强。无论《九歌》创作于何时，但处处将其附会于屈原的现实遭遇，这是不正确的做法，这样就会脱离《九歌》作为祀神之曲的实际。

过去，人们在研究《九歌》时，大多从政治、神话等角度来进行论述。但著名的楚辞学者姜亮夫则另辟蹊径，从《九歌》的宗教色彩出发，认为它与《离骚》有着共同的“宗教情感”；不同的则是对于这种情感的处理：《离骚》侧重于理想化，《九歌》则侧重写实化：“离骚等十三篇，与九歌十一篇，有一相同之情怀，曰‘宗教情感’。离骚十三篇所最景仰之情，为远游帝宫，西涉昆仑，寄意圣贤，匹偶圣姬，就重华而陈辞，依彭咸以为仪，求宓妃之所在，望瑶台之偃蹇，胥是也。而九歌之咏十神，天地、日月、山川、人先、鬼伯、国殇，无一非宗教之所崇祀。其所仰之神异，而其情则类也。虽然，其处理方法，则两者实大异：十三篇之所神祀者，以思想、情愫之景仰之主，从理智分析，得其美蔽善恶之辨。而自理想中结构一别然之宇宙，与个人修姱自洁之理想相结合，而欲归依与影从；或个人情思无法处理之时，欲依神圣为自解之计。自神化中有个人理性存在，为高度之自觉感。至九歌十一篇，则全部为神鬼事迹之描写，其写情处，亦纯从神鬼自身事象上立意，或借其神威灵感，以赞叹欣赏之，或借神鬼夫妇燕昵之情，以歌咏之；即有所寓寄，亦仅能于同底窥测一二，非十三篇之直述冀望感念者之可比。故九歌宗教感情之处理，乃写实化之描写也；十三篇宗教情感之处理，乃理想化之描写也。”（《重订屈原赋校注》）。另外需要强调的是，《九歌》所体现的宗教情感既不是畏惧的，也不是轻佻的，它表明了楚地百姓与众神之间的关系是亲密的，甚至是依恋的。人与神则具有平等的人格，人们通过与神的自由对话来祈愿、祝福。总之，正是因为楚地特有的质朴、热情、重祭祀的特点，才产生了不朽的诗篇《九歌》，同时也赋予了《九歌》华美、绮丽的艺术特质。

东皇太一

吉日兮辰良①，穆将愉兮上皇②。抚长剑兮玉珥③，璆锵鸣兮琳琅④。

【注释】

① 辰良：即“良辰”，为了押韵，诗人写作“辰良”。

② 穆：谦恭，尊敬。愉：使快乐。上皇：指东皇太一。

③ 珥（ěr）：剑柄末端像两耳似的突出部分，又称剑鼻。

④ 璆（qiú）：美玉的一种。锵（qiāng）：此处指珮玉相碰撞发出的声音。琳琅：美玉的一种。

【译文】

吉祥的日子啊美好的时辰，恭恭敬敬啊使上皇愉悦。手抚长剑啊美玉为珥，玉佩锵锵啊声音清脆。

瑶席兮玉瑱①，盍将把兮琼芳②。蕙肴蒸兮兰藉③，奠桂酒兮椒浆④。

【注释】

① 瑶席：瑶，美玉。席，呈献祭品的供案。瑶席则形容华美的供案，设于神座前供放祭之用。玉瑱(zhèn)：瑱，通"镇"，玉瑱，镇物的玉器。

② 盍(hé)：通"合"，会集。琼芳：琼，美玉。琼芳，色泽如玉的香草。

③ 蕙肴：与下文的"桂酒"相对。蕙，香草名。蕙肴，以蕙草熏肉，也指香洁的菜肴。蒸：同"烝"，进献之意；兰藉：兰，香草名，兰草。藉，做衬垫的东西。兰藉就是用兰草做的垫在祭食下的衬垫。

④ 桂酒：以桂酿制而成的酒。椒浆：以椒浸制而成的酒浆。这里桂、椒都是香料。

【译文】

华美的祭祀供案啊美玉为瑱，聚集把持着琼枝啊以为芳香。以蕙草熏肉啊呈放在兰草做成的衬垫上。以桂椒酿制成酒浆啊敬献给上皇。

扬枹兮拊鼓①。疏缓节兮安歌，陈竽瑟兮浩倡②。

【注释】

① 扬枹(fú)兮拊(fǔ)鼓：枹，鼓槌。拊，击鼓。举起鼓槌啊，轻轻击打。

② 竽(yú)瑟：古代乐器。竽，吹奏乐器，笙的一种，较大，属于管乐，内有三十六簧。瑟，弹拨乐器，琴的一种，弦乐的一种。浩倡：也作"浩唱"，放声高歌。

【译文】

扬起鼓槌啊轻轻敲击。曲节舒缓啊清歌悠扬，竽瑟大奏啊放声高歌。

灵偃蹇兮姣服①，芳菲菲兮满堂。五音纷兮繁会②，君欣欣兮乐康③。

【注释】

① 灵：代表天神的巫者。偃蹇（yǎn jiǎn）：婉转委曲，形容舞蹈姿态的优美。一种说法认为是众盛貌，就是众多美好的样子。

② 五音：即宫、商、角、徵、羽。繁会：繁多的音调相互错杂在一起。

③ 君：指东皇太一。

【译文】

神巫舞姿翩翩啊服饰艳丽，芬芳菲菲啊盈满殿堂。乐声纷纷啊五音交错，东君欢喜啊安乐无边。

云中君

浴兰汤兮沐芳①，华采衣兮若英。灵连蜷兮既留②，烂昭昭兮未央③。

【注释】

①浴：洗澡。兰汤：汤即热水，兰汤即煮兰为汤，熏香的浴水。沐：洗头。芳：白芷，又名芳香。

② 灵：扮演云中君的神巫。连蜷（quán）：长曲的样子，形容身姿矫健动人。

③ 烂昭昭：烂，明，有光彩。昭昭，明亮，光明。未央：未尽，未结束。央，极，尽之意。

【译文】

用芳香的兰汤沐浴身啊以白芷水洗发，穿上华美的五彩衣裳啊用杜若之英装饰。神巫的身姿矫健美好啊云中君止而流连。灿烂光明啊夜犹未尽。

蹇将憺兮寿宫①，与日月兮齐光。龙驾兮虎服②，聊翱游兮周章。

【注释】

① 謇(jiǎn):助词,发语词。憺(dàn):安然,安稳。寿宫:供奉神祇的宫殿。

② 龙驾:龙拉的车。虎服:驾着虎。服,车右边所驾之物。

【译文】

云中君啊将要安然在那寿宫,光辉灿烂啊与日月齐光。月神乘着龙车啊鞭策着虎,在空中翱翔啊周游四方。

灵皇皇兮既降①,猋远举兮云中②。览冀州兮有余③,横四海兮焉穷④。

【注释】

① 灵:在这里指云中君。皇皇:通“煌煌”,指云中君下降时光明灿烂而又美丽的样子。

② 猋(biāo):迅速前行的样子。云中:这里指云中君居住的地方。

③ 冀州:古九州之一,两河之间曰冀州,尧的旧都。有余:有其他的地方。这里是指目之所及,不仅仅只有一个冀州。

④ 横:遍布。四海:古代中国四境有海环绕,故曰四海。焉穷:哪里有穷尽。焉,安,哪里。穷,极,尽。

【译文】

月神光明灿烂啊已经降临,既而疾入云霄啊远远高翔。俯瞰冀州啊还有其他所在,光芒照耀九州啊直到宇外八荒。

思夫君兮太息①,极劳心兮忡忡②。

【注释】

① 夫(fú):即“彼”,那。君:指云中君。

② 忡忡(chōng):忧心,忧愁的样子。

【译文】

思念着你(云中君)啊仰声长叹,忧心忡忡啊黯然神伤!

湘 君

君不行兮夷犹[①],蹇谁留兮中洲[②]?美要眇兮宜修[③],沛吾乘兮桂舟[④]。令沅湘兮无波[⑤],使江水兮安流[⑥]!望夫君兮未来[⑦],吹参差兮谁思[⑧]!

【注释】

① 君:指湘君,一说指湘夫人。夷犹:犹豫,迟疑不决的样子。

② 蹇(jiǎn):发语词,无实际意义。

③ 要眇(yāo miǎo):美好的样子。宜修:修饰得体合宜。

④ 沛:水势湍急,行动迅疾的样子。吾:我,指的湘夫人。桂舟:桂木造成的船。

⑤ 沅湘:沅水和湘水的并称。沅水和湘水最后都流入洞庭湖。

⑥ 江水:长江之水。一说是指沅湘之流水。

⑦ 夫(fú)君:夫,指示代词,那。君,指湘君。

⑧ 参差(cēn cī):古乐器名,即洞箫,排箫。谁思:谁能理解。

【译文】

湘君啊,你为何迟疑不决,未能赴约?究竟为了谁而停留在你居住的水洲?我容颜美好啊打扮合宜,水流湍急啊我乘上那轻快的桂舟。我命令沅湘之水啊不要掀起风浪,令那江水啊缓流向前。盼望着你来啊,你却还未到来!吹起了洞箫啊谁又能理解我?

驾飞龙兮北征[①],邅吾道兮洞庭[②]。薜荔柏兮蕙绸[③],荪桡兮兰旌[④]。望涔阳兮极浦[⑤],横大江兮扬灵[⑥]。

【注释】

① 飞龙：即上文所提到的“桂舟”。

② 邅（zhān）：转弯，转道。洞庭：洞庭湖。

③ 薜荔柏：用薜荔编织而成的帘子。薜荔，香草名。柏，通“箔”，帘子，船屋的门窗上所挂。蕙绸：以蕙草织为帷帐。蕙，香草名。绸，通“帱”，或作“裯”，即床帐。

④ 荪桡（sūn ráo）：荪，一种香草。桡，船桨。荪桡就是以荪草为饰的船桨。兰旌（jīng）：以兰草装饰的旌旗。

⑤ 涔（cén）阳：地名，即涔阳浦，在涔水北岸，涔水发源于湖南澧县。还有一种说法是在郢都附近。极浦：极远的水滨。

⑥ 扬灵：灵，精诚。扬灵即扬己精诚。

【译文】

驾着龙舟啊向北而行，又转道啊来到洞庭湖。把薜荔做成帘子啊把蕙草缝制成帷帐，以荪草装饰船桨啊用兰草装饰旌旗。远远望着涔水北岸啊那遥远的水滨之地，横渡大江啊显示自己的精诚。

扬灵兮未极，女婵媛兮为余太息①。横流涕兮潺湲②，隐思君兮陫侧③。桂棹兮兰枻④，斲冰兮积雪⑤。采薜荔兮水中，搴芙蓉兮木末⑥。心不同兮媒劳，恩不甚兮轻绝！石濑兮浅浅⑦，飞龙兮翩翩。交不忠兮怨长，期不信兮告余以不闲。

【注释】

① 女：侍女。婵媛（chán yuán）：牵引，情思牵萦的样子。

② 潺湲（chán yuán）：指水缓缓流淌的样子。这里是指眼泪。

③ 隐：哀痛。陫（fěi）侧：同“悱恻”，隐痛，忧伤的样子。

④ 桂棹（zhào）：棹，舟楫，船桨。桂棹即桂木做的船桨。兰枻（yì）：兰，木兰，一种香木。枻，船舷。兰枻，即用木兰做的船舷。

⑤ 斲（zhuó）冰：斲，同“斫”。斲冰，破冰前行。这里“冰”“雪”是

对流水的比喻说法。

⑥ “采薜荔”以下两句：薜荔，一种缘木而生的香草。搴(qiān)，拔，采。芙蓉，荷花。木末，树的末梢。这两句用于水中采薜荔，于木末采芙蓉，比喻诗人忠信之行，以事于君，却与君不合，这就好比缘木求鱼。

⑦ 石濑(lài)：水为石激形成的急流。浅浅(jiān)：水流急速的样子。

【译文】

虽然显示了自己的精诚啊，竭尽全力却终无从达，身边的侍女忧愁悲怨啊禁不住为我长长地叹息。涕泪横流啊再也止不住，痛苦地思念着你啊心情悲痛万分。桂木为桨啊木兰为舷，破浪前行啊水花四溅。这就如同于水中啊摘取薜荔，到树梢上啊折取荷花。两人心意不同啊媒人徒劳也无功。双方感情不深啊就会轻易地弃绝。江水在沙石间啊急速地流淌，龙船啊在水上快速地前行。两人交往不能忠心啊怨恨深长，相互约定却不守信用啊告诉我没有空闲。

鼂骋骛兮江皋①，夕弭节兮北渚②。鸟次兮屋上③，水周兮堂下④。

【注释】

① 鼂(zhāo)：通“朝”，清晨。骋骛(chěng wù)：驰骋；奔走。这里是指行船划行。江皋：江岸，江边。

② 弭(mǐ)节：弭，止，停止。节，行船的速度。北渚(zhǔ)：北岸的小洲。

③ 次：止宿，栖息。屋上：迎神用的屋子。

④ 堂：这里指祭坛。

【译文】

清晨行船啊到江边的高地，傍晚我把船啊停留在北岸。鸟儿栖息啊在那屋顶之上，河流环绕啊在祭坛下流淌。

捐余玦兮江中[1],遗余佩兮醴浦[2]。采芳洲兮杜若[3],将以遗兮下女[4]。时不可兮再得,聊逍遥兮容与[5]。

【注释】

① 捐:舍弃,弃绝。玦(jué):一种玉器,有缺口的环形。常用来象征决断、决绝之意。

② 佩:古代系于衣带的玉一类的装饰品。醴(lǐ)浦:澧水之滨。澧水,在今湖南省境内,最后流入洞庭湖。

③ 杜若:一种香草名,又名山姜。

④ 遗(wèi):送给,赠送。下女:侍女。

⑤ 逍遥:悠闲自得,安然自在的样子。容与:从容闲舒的样子。

【译文】

把我的玉玦啊投入到江水之中,把玉佩啊遗留在澧水之滨。我要在香草丛生的小岛上啊摘取杜若,准备送给啊服侍你的侍女。相见的机会啊不能够再次获得,姑且悠闲自得啊排遣自己的忧愁。

湘夫人

帝子降兮北渚[1],目眇眇兮愁予[2]。嫋嫋兮秋风[3],洞庭波兮木叶下。

【注释】

① 帝子:帝王的子女,这里指湘夫人。北渚:北面的小洲。

② 眇眇(miǎo):极目远眺的样子。愁予:予,我。愁予,使我发愁。

③ 嫋嫋(niǎo):通“袅袅”,这里指微风轻拂的样子。

【译文】

湘夫人降临啊在那洞庭湖的北岸之上,极目远望啊让我忧愁。徐徐轻拂啊那萧瑟的秋风,湖面波浪翻涌啊树叶纷纷飘落。

登白薠兮骋望[①],与佳期兮夕张[②]。鸟何萃兮蘋中[③],罾何为兮木上[④]。

【注释】

① 白薠(fán):水草名。骋(chěng)望:极目远眺。

② 与(yù):古多训"为"。佳期:男女约会的日期。佳,佳人,这里指湘夫人。期:相约。夕:傍晚,日暮。张:陈设,布置。此处指陈设、布置祭品等。

③ 萃(cuì):聚集,汇集。蘋(pín):植物名,多年生草本,生长于浅水之中。

④ 罾(zēng):用木棍或竹竿做成的方形渔网。鸟本应栖于树上,却停留在水中;渔网应当施于水中却置于树上,二物均不得其所,比喻所愿不得,失其所也。与《湘君》中的"采薜荔兮水中,搴芙蓉兮木末"的用意是一样的。

【译文】

在白薠丛中啊放眼远眺,与佳人约定好啊傍晚我就准备好一切。但鸟儿为什么会聚集啊在那水面上,渔网又怎么会挂在啊那树梢上?

沅有茝兮醴有兰[①],思公子兮未敢言[②]。荒忽兮远望,观流水兮潺湲[③]。

【注释】

① 茝(zhǐ):即白芷,一种香草。

② 公子:指湘夫人。未敢言:不敢明言。

③ 潺湲(chán yuán):河水缓缓流动的样子。

【译文】

沅水之中生有盛放的白芷啊澧水之内生长着芬芳的兰草。我思念着您啊却不敢明言。我神思恍惚啊向远处眺望,却只见那流水啊缓缓流澌。

麋何食兮庭中[①]？蛟何为兮水裔[②]？朝驰余马兮江皋，夕济兮西澨[③]。闻佳人兮召予[④]，将腾驾兮偕逝[⑤]。

【注释】

① 麋(mí)：哺乳动物，毛淡褐色，雄的有角，角像鹿，尾像驴，蹄像牛，颈像骆驼，俗称"四不像"。

② 蛟：传说中龙的一种。水裔(yì)：水边。

③ 澨(shì)：水边地，涯岸。

④ 佳人：爱人，即湘夫人。

⑤ 腾驾：使车马奔驰。偕(xié)逝：一同离去。

【译文】

麋鹿为什么啊在庭院里觅食，蛟龙为什么啊在水边搁浅？清晨我纵马啊在江岸边奔驰，傍晚我渡过河流啊来到西岸。听到爱人啊在召唤着我，我将驾车飞驰啊和她一同远去。

筑室兮水中[①]，葺之兮荷盖[②]。荪壁兮紫坛[③]，匊芳椒兮成堂[④]。桂栋兮兰橑[⑤]，辛夷楣兮药房[⑥]。罔薜荔兮为帷[⑦]，擗蕙櫋兮既张[⑧]。白玉兮为镇[⑨]，疏石兰兮为芳[⑩]。芷葺兮荷屋[⑪]，缭之兮杜衡[⑫]。合百草兮实庭，建芳馨兮庑门[⑬]。九嶷缤兮并迎[⑭]，灵之来兮如云[⑮]。

【注释】

① 室：古代居住的地方前为堂而后为室。

② 葺(qì)：原指用茅草覆盖房屋，后泛指修理房屋。

③ 荪(sūn)壁：用荪草来装饰墙壁。紫坛：用紫贝砌成的中庭地面。紫，"紫贝"的简称。

④ 匼芳椒兮成堂：布芳椒于堂室。匼，"播"的古字，散布，布满。芳椒，植物名。椒，实多而香，所以叫"芳椒"。

⑤ 桂栋：桂木做的大梁。栋，房屋正中最高的大梁。兰橑（lǎo）：木兰做的椽子。

⑥ 辛夷楣（méi）：用辛夷做的门楣。辛夷，植物名，北人称之为木笔，南人称之为迎春。药房：用白芷来装饰房屋。药，即白芷。

⑦ 罔：同"网"，这里为动词，编结之意。薜（bì）荔：一种植物，又称木莲。帷：围在四周的帐幕。

⑧ 擗（pǐ）：分开，剖开。蕙櫋：蕙草做成的幔。櫋（mián），幔，帐顶。

⑨ 镇：这里指压东西的用具。

⑩ 疏：放置，分陈。石兰：香草名，山兰，兰草的一种。

⑪ 芷葺（qì）：以白芷覆盖屋顶。芷，即白芷。葺，指覆盖。

⑫ 杜衡：即杜若，香草名，俗名"马蹄香"。

⑬ 芳馨（xīn）：芳香，也借指香草。庑（wǔ）：走廊。

⑭ 九嶷（yí）：山名，湖南宁远县南，传说舜葬于此。此借指九嶷山神。并：共同，一同。

⑮ 灵：神。如云：形容很多的样子。

【译文】

我将要把房屋啊筑在水中，要用荷叶啊来覆盖屋顶。我要用荪草装饰墙壁啊用紫贝来铺砌地面，用芳椒啊涂满墙壁。我要用桂木做成房梁啊用木兰做椽，把辛夷做成门楣啊用白芷来装饰房间。我要编结薜荔啊做成帷帐，剖开蕙草做成帷幔。我要使用白玉啊做成镇席，布陈石兰啊一片馨香。我用白芷覆盖房顶啊荷叶为屋，杜衡环绕着啊它的周围。汇集各种香草啊布满庭院，建造啊那芳香的门廊。九嶷山的众神啊一并前来迎接，众神簇拥啊如云一般。

捐余袂兮江中[①]，遗余褋兮醴浦[②]。搴汀洲兮杜若[③]，将以遗兮远者[④]。时不可兮骤得，聊逍遥兮容与！

【注释】

① 袂(mèi):衣服的袖子。

② 褋(dié):单衣,汗衫。醴(lǐ)浦:澧水之滨。

③ 搴(qiān):采摘,拔取。汀(tīng):水边的平地,小洲。杜若:一种香草。

④ 遗(wèi):赠予,送给。远者:指湘夫人。

【译文】

我把衣袖啊丢弃在江水之中,将单衣啊留在澧水之滨。在水边的绿洲上啊摘取杜若,我将要送给啊远方的爱人。快乐的时光啊不易获得,姑且悠闲自得啊排遣自己的忧愁!

大司命

广开兮天门,纷吾乘兮玄云①。令飘风兮先驱②,使涑雨兮洒尘③。

【注释】

① 吾:我,指大司命。玄云:浓云,黑云。另有青云之说。以下四句为大司命所唱之歌辞。

② 飘风:大旋风,暴风。

③ 涑(dōng)雨:暴雨。洒尘:洒水以浥尘,清洁道路。

【译文】

大大地敞开啊天宫的大门,我乘驾着啊那团团玄云。我命令旋风啊在前方为我开路,又让那暴雨啊为我清洗道路上的轻尘。

君迴翔兮以下①,逾空桑兮从女②。

【注释】

① 君：指大司命，以下两句均为少司命所唱。迴翔：盘旋飞翔。

② 空桑：传说中的山名。《山海经》记载：东曰空桑之山。注云：此山出琴瑟之材。女(rǔ)：通“汝”，你。

【译文】

大司命您在空中盘旋飞翔啊降临到世间，我越过空桑山啊要追随着您。

纷总总兮九州[1]，何寿夭兮在予！

【注释】

① 九州：古代中国分为九州，在此处代指天下。以下两句皆为大司命所唱。

【译文】

人数众多啊天下的百姓，为什么长寿与夭亡啊全掌握在我的手中！

高飞兮安翔，乘清气兮御阴阳[1]。吾与君兮斋速[2]，导帝之兮九坑[3]。

【注释】

① 阴阳：阴与阳是我国古代哲学中的两个相对的基本概念。这里是说阴阳二气，阴主杀，阳主生。“御阴阳”就是驾驭人类生死之意。以下四句为大司命所唱之歌辞。

② 吾：我，指主祭者自己。君：指大司命。斋：朱熹在《楚辞集注》中写作“齐”，齐速，即庄敬的样子。

③ 帝：天帝。九坑：九州之山。坑，山脊之意。还有一种说法认为九坑即“九冈”，山名。闻一多校补：“案《文苑》作九冈，最是。九冈，山名。荆州松滋县有九冈山，郢都之望也。”可作参考。

【译文】

高高飞翔啊从容安闲，驾驭着清明之气啊主宰着死与生。我主巫恭敬虔诚啊为您大司命做向导，迎接您来到啊这天帝创造的九州之地。

灵衣兮被被[①]，玉佩兮陆离[②]。壹阴兮壹阳[③]，众莫知兮余所为[④]。

【注释】

① 灵衣：神灵所穿之衣。被被(pī)：衣服长长的样子。以下四句为大司命的歌辞。

② 玉佩：古人佩戴在身上的玉制装饰品。陆离：有三种说法：一是参差的样子；二是光彩闪烁的样子；三是参差而闪烁的样子。

③ 壹阴兮壹阳：或阴或阳，阴代表死亡，阳代表生存。这句话的意思是指大司命能掌握着人的生与死。

④ 众：世间的凡俗之人。余：我，指大司命。

【译文】

神灵之衣啊长长地飘动，玉佩啊绚烂错综。生存啊还是死亡，世间人哪里知道啊这都由我来决定。

折疏麻兮瑶华[①]，将以遗兮离居[②]。老冉冉兮既极，不寖近兮愈疏[③]。

【注释】

① 疏麻：传说中的神麻，常常以之来赠别。瑶华：神麻所开的花朵。以下四句为大司命折疏麻而唱。

② 离居：隐居之人。

③ 寖(jìn)：通“浸”，渐渐。

【译文】

我折取神麻啊那美丽芬芳的花朵,准备送给啊那离居的人。渐渐地老去啊已经快到了人生的尽头,如果再不亲近啊就只会更加地疏远。

乘龙兮辚辚①,高驼兮冲天②。结桂枝兮延伫③,羌愈思兮愁人④。愁人兮奈何,愿若今兮无亏。固人命兮有当⑤,孰离合兮可为?

【注释】

① 乘龙:乘坐着龙车。辚辚(lín):车行驶的声音。以下几句均是大司命所唱。

② 驼:通“驰”,飞驰,飞奔。

③ 延伫(zhù):久立,久留。延,长时间。

④ 羌:无实际意义,句首发语词。

⑤“固人命”以下两句:固,本来。人命,人的生命、命运。有当,有定数。指人的命运本来就有定数,谁又能改变悲欢离合呢?

【译文】

驾乘着龙车啊车声辚辚,它高飞入云啊直冲云霄。编结好桂树的枝条啊久久地伫立,越来越思念啊忧心忡忡。愁心百转啊又能如何?但愿像今天这样宁可保持现状啊没有欠缺。人的命运啊本来就有定数,谁又能对悲欢离合做什么呢?

少司命

秋兰兮麋芜①,罗生兮堂下②。绿叶兮素枝③,芳菲菲兮袭予④。夫人自有兮美子⑤,荪何以兮愁苦⑥!

【注释】

① 麋芜(mí wú):一种香草。麋,通"蘼"。

② 堂下:厅堂阶下。

③ 素枝:"枝"原为"华"。素华即白花。

④ 予:我。指代有三种说法。一说指的是迎神的女巫;一说指的是少司命;还有一说认为是大司命。

⑤ 夫(fú):那。美子:对别人子女的美称。

⑥ 荪:一种香草,这里指代少司命。

【译文】

芬芳的秋兰啊还有那馥郁的蘼芜,罗列生长在啊厅堂之下。嫩绿的叶子啊洁白的花朵,浓郁的芳香啊向我袭来。世间的人们啊都会有自己的子女,少司命您又为什么啊忧愁!

秋兰兮青青[①],绿叶兮紫茎。满堂兮美人[②],忽独与余兮目成[③]。入不言兮出不辞,乘回风兮载云旗。悲莫悲兮生别离,乐莫乐兮新相知。

【注释】

① 青青:通"菁菁(jīng)",茂盛的样子。

② 美人:与"美子"相应,指出众美好的人。这里指参与祭祀的人。

③ 余:我。目成:眉目传情,达成默契。

【译文】

芬芳的秋兰啊如此繁茂,碧绿的叶子啊和紫色的花茎。满堂之中啊都是美好的人,但突然与我啊以目光达意。不言不语啊又不辞而别,乘着旋风啊张起云旗。世上最悲伤的事啊莫过于活着的时候分离,最高兴的事啊莫过于新结交了知己。

荷衣兮蕙带,儵而来兮忽而逝[①]。夕宿兮帝郊,君谁须兮云之际②？

【注释】

① 儵(shū)：通"倏"，忽然，极快的。

② 君：指少司命。须：等，等待。

【译文】

以荷花为衣啊以蕙草结成腰带，忽然到来啊转瞬之间又离去。傍晚在天帝的郊野啊止宿，您在等待着谁啊在那遥远的天边？

与女游兮九河①，冲风至兮水扬波。与女沐兮咸池②，晞女发兮阳之阿③。望美人兮未来④，临风怳兮浩歌⑤。

【注释】

① "与女游"以下两句：古本中没有这两句。疑是《河伯》中语。九河：天河。

② 女(rǔ)：通"汝"，你。沐：洗头。咸池：神话中的天池，太阳在此沐浴。

③ 晞(xī)：晒干。阳之阿(ē)：阳谷，神话中的日出之处。阿，凹曲的地方。

④ 美人：指少司命。

⑤ 怳(huǎng)：神思惆怅、失意的样子。浩歌：高歌。

【译文】

多想与您畅游啊在那天河中，暴风忽然来临啊水面腾起巨浪。多想与您一同啊在天池中清洗秀发，到那日出之地啊将它晾干。远远张望着您啊却没有回来，我惆怅而失意地伫立在风中啊高声放歌。

孔盖兮翠旍①，登九天兮抚彗星②。竦长剑兮拥幼艾③，荪独宜兮为民正④。

【注释】

① 翠旍(jīng):亦作“翠旌”,用翡翠鸟的羽毛制作而成的旌旗。

② 九天:天之中央与八方称为九天。彗星:一种星体,后曳长尾,呈云雾状,俗称“扫帚星”。

③ 竦(sǒng):执,握。幼艾:长幼,王逸注:“幼,少也;艾,长也。”

④ 荪(sūn)独宜:即“独荪宜”,只有您才适合。荪,香草,这里指神。民正:民众之长,百姓的命运主宰。

【译文】

您以孔雀的翅膀作为车盖啊以翡翠之羽为旌旗。升上九天啊扶持彗星,欲除邪恶。您手持长剑啊守护万民长少,只有您才适合啊成为我们的命运之主。

东　君

暾将出兮东方[①],照吾槛兮扶桑[②]。抚余马兮安驱[③],夜皎皎兮既明[④]。

【注释】

① 暾(tūn):形容日光明亮温暖,也可指代太阳。

② 吾:指东君。槛(jiàn):栏杆。扶桑:神话中的树名。传说扶桑生长在太阳升起的地方。

③ 余:指东君。

④ 皎皎(jiǎo):通“皎皎”,明亮的样子。

【译文】

温暖而又明亮的太阳啊即将从东方升起,照耀着我宫殿的啊用扶桑之木做的栏杆。轻拍着胯下的龙马啊缓缓前行,沉沉的夜色散去啊即将被我照亮。

驾龙辀兮乘雷[①],载云旗兮委蛇[②]。长太息兮将上[③],心低佪兮顾怀。

【注释】

① 龙辀(zhōu):神话中的龙车,为日神所乘。辀,车辕,这里指车。乘雷:指乘驾龙车时,声音如雷。

② 委蛇(wēi yí):通"逶迤",指云旗飘动舒卷的样子。

③ 太息:长声叹息。

【译文】

驾着我的龙车啊声音隆隆如雷,树起的云旗啊飘扬舒卷。我长声叹息啊将要上升而去,内心徘徊犹疑啊却又眷恋着故乡。

羌声色兮娱人[①],观者憺兮忘归[②]。

【注释】

① 羌:楚国方言,句首发语词。声色:日出时的壮观景象。

② 憺(dàn):安稳,泰然。

【译文】

日出的壮观景象光辉灿烂啊令人心神荡漾,观看的人们安乐泰然啊忘记了归途。

緪瑟兮交鼓[①],箫钟兮瑶簴[②]。鸣篪兮吹竽[③],思灵保兮贤姱[④]。翾飞兮翠曾[⑤],展诗兮会舞[⑥]。应律兮合节,灵之来兮蔽日[⑦]。

【注释】

① 緪(gēng)瑟:绷紧瑟上的弦。緪,原指粗绳子,此处为动词,绷紧之意。交鼓:古人把鼓悬于架上,多二人对击,即交鼓。

② 箫:原意指一种竹制的管乐器,此处为动词敲击之意。钟:古代

青铜制乐器，一般悬于架上，用钟槌叩击发声，祭祀、宴飨以及战斗中均可使用。瑶簴(jù)：用玉装饰的悬挂钟磬木架两侧的立柱。簴，古代挂钟磬的架子上的立柱。

③ 鯱：同“篪(chí)”，一本即作“篪”，古代一种用竹管制成的乐器。竽：古代竹制的簧管乐器，似笙而略大。

④ 灵保：指神巫。贤姱(kuā)：既善且美，德行与外貌俱美。

⑤ 翾(xuān)飞：飞翔之意。翠：鸟名。曾(zēng)：通“翧”，举起翅膀。

⑥ 展诗：吟唱诗歌。会舞：指合舞，群舞。

⑦ 灵：与东君同来飨祭的其他神灵。蔽日：遮蔽了日光，形容人多。

【译文】

绷紧瑟弦啊擂起乐鼓，敲击铜钟啊玉饰的钟架在震颤。吹起横篪啊奏起竽笙，思念着神灵啊他既贤又美。他在天空飞翔啊如翠鸟般展翅高举，吟唱歌诗啊一同跳舞。应着音乐旋律啊和着节拍，神灵纷纷而至啊如遮天蔽日一般。

青云衣兮白霓裳①，举长矢兮射天狼②。操余弧兮反沦降③，援北斗兮酌桂浆④。撰余辔兮高驼翔⑤，杳冥冥兮以东行⑥。

【注释】

① 白霓(ní)裳：以白霓为裳，裳，指下装。

② 矢：用木或竹制成的箭。天狼：星宿名。古以为主侵略。还有一说是把天狼比喻成秦国。

③ 余：我，指东君。弧(hú)：古代指木弓。沦降：坠落，沦落，这里指日西沉。

④ 北斗：北斗七星，其形似勺。酌(zhuó)：斟酒。桂浆：以桂花制成的酒浆，即美酒。

⑤ 撰(zhuàn)：抓住，握住。余：我，指东君。辔(pèi)：缰绳。高驼翔：

高高飞驰翱翔。驼,同“驰”。

⑥ 杳(yǎo): 幽暗,深广。冥冥(míng): 不明亮,昏暗。

【译文】

我以青云为衣啊以白霓为裳,举起手中的长箭啊射杀凶残的天狼。拿起我的木弓啊回身降落,端起北斗七星啊让它斟满醇香的美酒。紧握手中缰绳啊高高飞驰,穿越幽深昏暗的漫漫长夜啊奔向东方。

河 伯

与女游兮九河①,冲风起兮横波。乘水车兮荷盖,驾两龙兮骖螭②。

【注释】

① 女(rǔ): 通“汝”,你。九河: 禹时黄河的九条支流。近人多认为是古代黄河下游许多支流的总称。黄河下游河道的总名。

② 驾两龙: 以两条龙为自己驾车。骖(cān): 古代四匹马驾车,中间两匹称为“服”,外侧两匹称为“骖”。这里用作动词,把螭作为骖马。螭(chī): 传说中一种无角的龙。

【译文】

和您一起啊同游九河,暴风啊掀起了层层巨浪。以水为车啊以荷叶为车盖,两条神龙驾车啊螭龙在两侧。

登昆仑兮四望①,心飞扬兮浩荡②。日将暮兮怅忘归③,惟极浦兮寤怀④。

【注释】

① 昆仑: 神话传说中的山名。传说此山上有瑶池、阆苑、增城、县圃等仙境。

② 飞扬：神思飘飞，思绪万千。浩荡：这里形容心胸开阔，无拘无束。

③ 怅：姜亮夫《屈原赋校注》认为“怅”为“憺”字之讹，即安乐之意。还有一种说法即惆怅，心里不安。

④ 惟：思念。极浦：遥远的水滨之地。寤（wù）怀：睡不着而思念，即日夜想念。

【译文】

登上昆仑山顶啊放眼四望。思绪万千啊心胸浩荡。夕阳西下啊乐不知返，那遥远的水滨啊让我难以入梦。

鱼鳞屋兮龙堂①，紫贝阙兮朱宫②，灵何为兮水中③？

【注释】

① 鱼鳞屋：以鱼鳞装饰房间。龙堂：以雕龙装饰厅堂。

② 紫贝阙（què）：以紫贝装饰宫门。阙，宫门前两边供瞭望的楼。朱宫：亦作“珠宫”，以珍珠装饰的宫殿，与“贝阙”相对。

③ 灵：神灵，此处指河伯。

【译文】

用鱼鳞装饰房间啊雕龙装饰厅堂，以紫贝修饰阙门啊珍珠装饰宫殿，神灵您为什么啊居住在水中？

乘白鼋兮逐文鱼①。与女游兮河之渚②，流澌纷兮将来下③。

【注释】

① 鼋（yuán）：大鳖，俗称癞头鼋。文鱼：鲤鱼。还有一种说法为有翅能飞的鱼。

② 渚（zhǔ）：水中的小块陆地。

③ 澌（sī）：解冻时流动的水。纷：这里形容河水流得很快的样子。

【译文】

驾乘着白鼋啊追逐着五彩的鲤鱼。我和你游玩啊在那水中的小洲，河水汹涌啊向前奔流。

子交手兮东行[①]，送美人兮南浦[②]。波滔滔兮来迎，鱼隣隣兮媵予[③]。

【注释】

① 子：你，指河伯。交手：朱熹注："交手者，古人将别，则相执手，以见不忍相远之意。"交手即表示离别。

② 美人：指河伯。浦：水边，岸边。

③ 隣隣（lín）：有的版本写作"鳞鳞"，如鱼鳞般密集排列的样子。媵（yìng）：送。予：我，这里指祭祀河伯的女巫。

【译文】

您拱手告别啊要向东而行，送别您啊来到河的南岸。波浪滚滚啊前来相迎，护驾的鱼儿排列成行啊向我道别。

山鬼

若有人兮山之阿[①]，被薜荔兮带女罗[②]。既含睇兮又宜笑[③]，子慕予兮善窈窕[④]。乘赤豹兮从文狸[⑤]，辛夷车兮结桂旗。被石兰兮带杜衡[⑥]，折芳馨兮遗所思。

【注释】

① 阿（ē）：弯曲的地方。

② 被：通"披"。薜荔、女罗：植物名，都是蔓生植物。

③ 含睇（dì）：饱含深情地看着。睇，微微斜着看。宜笑：笑的时候很得体。

④ 子：你，山鬼对意中人的称呼。予：我，指山鬼。窈窕（yǎo tiǎo）：娴静而美好的样子。

⑤ 赤豹：毛呈赤色的豹。文狸：毛有花纹的狸猫。

⑥ 石兰：香草名，兰的一种。杜衡：即杜若。

【译文】

好像有人啊在那山的弯曲之处，那是我身披着薜荔啊腰间系着松萝。含情而视啊笑得美好，您会爱慕我啊娴静而美好。驾乘赤豹啊花狸在后，辛夷所制的车子啊捆结桂枝为旗。身披石兰制成的衣服啊以杜若为带，折取芳香的花草啊送给思念的人。

余处幽篁兮终不见天[①]，路险难兮独后来。表独立兮山之上[②]，云容容兮而在下[③]。杳冥冥兮羌昼晦[④]，东风飘兮神灵雨。留灵修兮憺忘归[⑤]，岁既晏兮孰华予[⑥]。

【注释】

① 余：我，山鬼自称。幽篁（huáng）：幽深的竹林。篁，竹子。

② 表：独立突出的样子。

③ 容容：云雾流动的样子。

④ 杳（yǎo）冥冥：阴沉昏暗的样子。羌：发语词，楚地方言。昼晦（huì）：白日像夜晚一样幽暗。

⑤ 灵修：此指山鬼的恋人。憺（dàn）：安然，安乐。

⑥ 晏（yàn）：晚，迟。华予：让我如花开般美丽，比喻重返青春。华，同“花”，使开花。

【译文】

我住在幽深的竹林中啊终年看不见天空，道路多艰啊让我姗姗来迟。独自一人啊我伫立在那高高的山巅，只看见云雾舒卷啊在脚下飘荡。天色昏暗啊白日如同黑夜一样，东风飘然而起啊雨神也降下了雨。想挽留意中的人儿啊让他安然忘归，岁月渐渐逝去啊谁又能让我重现芳容。

采三秀兮于山间[①]，石磊磊兮葛蔓蔓[②]。怨公子兮怅忘归[③]，君思我兮不得闲。山中人兮芳杜若[④]，饮石泉兮荫松柏[⑤]。君思我兮然疑作[⑥]，雷填填兮雨冥冥[⑦]，猨啾啾兮又夜鸣[⑧]。风飒飒兮木萧萧[⑨]，思公子兮徒离忧。

【注释】

① 三秀：即灵芝，因一年开花三次，又称三秀。

② 磊磊(lěi)：形容石头堆积的样子。葛：多年生草本植物，蔓生。蔓蔓：延展的样子。

③ 公子：山鬼的意中之人。怅：失望，失意。

④ 山中人：山鬼的自称。芳杜若：像杜若般芬芳。

⑤ 荫松柏：以青松翠柏遮阴，比喻所居之处的清幽。

⑥ 君：指山鬼的意中人。然疑：半信半疑。然，肯定，相信，与"疑"相反。作：兴起，发生。

⑦ 填填：形容雷声。冥冥：晦暗不明的样子。

⑧ 猨(yuán)：通"猿"。啾啾(jiū)：猿的鸣声。又：应作"狖(yòu)"，一种猴，黄黑色，尾巴很长。

⑨ 飒飒(sà)：拟声词，风声。萧萧：风吹草木的声音。

【译文】

我在山间啊采摘灵芝，山石垒垒积啊藤蔓到处缠结。怨恨公子不与我相会啊怅然地忘记归去，或许你也思念着我啊只是没有空闲。我这山中之人啊就如同芬芳的杜若，渴了就饮石间的清泉啊以松柏山林为遮风蔽雨之处。或许你是思念着我啊可我却又对此半信半疑，雷声大作啊天空昏暗不明，猿声啾啾啊狖在长夜不停鸣叫。秋风飒飒地吹啊落叶萧萧，思念着公子啊徒然叫人悲伤。

国殇

操吴戈兮被犀甲[①],车错毂兮短兵接[②]。旌蔽日兮敌若云,矢交坠兮士争先。凌余阵兮躐余行[③],左骖殪兮右刃伤[④]。霾两轮兮絷四马[⑤],援玉枹兮击鸣鼓[⑥]。天时坠兮威灵怒,严杀尽兮弃原野[⑦]。

【注释】

① 吴戈:吴地所产的戈,锋利无比,驰名于当时。还有一说指盾。戈,古代主要兵器。被:同"披",披挂。犀(xī)甲:用犀牛皮制成的铠甲。

② 错毂(gǔ):战车的轮毂交错。错,交错。毂,车轮的中心部位,中间有圆孔,可以插轴。短兵接:短兵相接。短兵,刀剑等短的兵器。

③ 躐(liè):践踏,踩踏。行(háng):行列,队伍。

④ 左骖(cān):古时战车车辕两侧各有两匹马,其中左右两旁的马叫骖,中间两匹叫服,左骖,即车左外侧的马。殪(yì):死。刃伤:被刀所伤。

⑤ 霾(mái):通"埋",遮掩,掩埋之意。絷(zhí):绊住马足。

⑥ 援玉枹(fú):拿着用玉石装饰的鼓槌。援,持,拿。"枹",一作"桴",鼓槌。

⑦ 严杀:严酷的厮杀。

【译文】

手持吴戈啊身披着坚韧的犀皮铠甲,战车的轮毂相互交错啊战场上短兵相接。旌旗遮天蔽日啊敌如云涌,双方的流矢相交而坠落啊战士们奋勇向前。敌人侵犯我军的阵地啊践踏我军的队列,左骖已经死去啊右骖也被刀砍伤。车轮被深埋啊马腿被绊住,手持着鼓槌啊擂起震天战鼓。杀得天昏地暗啊神灵也燃起了怒火,残酷地杀戮啊将士们抛尸疆场。

出不入兮往不反①,平原忽兮路超远②。带长剑兮挟秦弓③,首身离兮心不惩④。诚既勇兮又以武,终刚强兮不可凌。身既死兮神以灵⑤,子魂魄兮为鬼雄⑥。

【注释】

① 出不入:指将士们出征,视死如归,不打算再回到家乡,与下文中的"往不反"意思一致。反:通"返",返回,回来。

② 忽:邈远。

③ 挟(xié):夹在腋下,带着。秦弓:秦地产的强弓。因秦地产的木材坚硬,用来制作弓箭,射程较远。

④ 不惩(chéng):不戒惧,不警戒。

⑤ 神以灵:英魂显灵,指逝者的精神永生。

⑥ 子:你,对将士亡灵的尊称。鬼雄:鬼中的英雄。

【译文】

一出征就没有回来啊也没打算活着归来,平原苍莽辽阔啊出征的路途非常遥远。身佩长剑啊又夹持着秦弓,即使是身首异处啊内心也将无所畏惧。你们实在是既勇敢啊又英武,始终坚强不屈啊敌人也不能凌犯。身已死亡啊精神却可永生,即使是你们的魂魄啊在鬼中也是英雄。

礼 魂

成礼兮会鼓①,传芭兮代舞②,姱女倡兮容与③。春兰兮秋菊④,长无绝兮终古。

【注释】

① 成礼:有三种说法:一说祭祀典礼结束;二说完备礼仪;三说"成"应作"盛",即盛大的典礼。会鼓:鼓点集中,急击紧打。

② 传芭:这里指跳舞的人相互传递芭这种香草。芭,指一种香草。

还有一种说法指出，“芭”同“葩”，就是花的意思。代舞：交替而舞。

③ 姱（kuā）女：美好的女子。姱，美好。倡：领唱。

④ 春兰兮秋菊：春兰和秋菊是这两个季节祭祀时所使用的香花。

【译文】

祭祀典礼全部完成啊鼓乐齐鸣，众人把芳香花草相互传递啊交替起舞，美丽的女子领唱啊从容自如。春日以兰草祭祀啊秋日祀以菊花，永远没有停止啊千秋万代相继。

天问

【题解】

关于《天问》的创作动机以及创作过程，从古至今，众说纷纭。具有代表性的说法有以下几种：

第一，"呵壁问天"。以王逸的《楚辞章句》为代表，其中写道："《天问》者，屈原之所作也。何不言问天？天尊不可问，故曰天问也。屈原放逐，忧心愁悴，彷徨山泽，经历陵陆。嗟号昊旻，仰天叹息。见楚有先王之庙及公卿祠堂，图画天地山川神灵，琦玮僪佹，及古贤圣怪物行事。周流罢倦，休息其下，仰见图画，因书其壁，何而问之，以渫愤懑，舒泻愁思。楚人哀惜屈原，因共论述，故其文义不次序云尔。"

第二，问天自解。以洪兴祖的《楚辞补注》为代表，其中写道："《天问》之作，其旨远矣。盖曰遂古以来，天地事物之忧，不可胜穷。欲付之无言乎？而耳目所接，有感于吾心者，不可以不发也。欲具道其所以然乎？而天地变化，岂思虑智识之所能究哉？天固不可问，聊以寄吾之意耳。楚之兴衰，天邪人邪？吾之用舍，天邪人邪？国无人，莫我知也。知我者其天乎？此《天问》所为作也。"

第三，拷问上古天文和历史。以姜亮夫的《屈原赋校注》为代表，姜亮夫先生认为，"天"可引为上至天文，下至地理历史等一切不可知之事的总称，"天问"即对一切不可知之事的疑问。与此相似，林庚先生的《天问论笺》则认为《天问》是古代传说中的一部兴亡史。

总之，《天问》这首长诗体现了屈原所生活的战国时代的人们对自然、社会发展规律的怀疑和探讨。

《天问》以"问"为主，这是这首长诗最为独特的地方。全诗一共有三百七十四句，提出了一百七十二个问题，涉及天与地的形成、历史的兴衰成败、甚至还有一些关于神鬼的问题。这充分体现出了作者屈原的“博闻强志”及其科学的求知精神。《天问》在一个个不停地追问中,强烈地表达了诗人对楚国发展及个人命运的忧虑,以及对于人生理想的执着追求。全诗是一部恢宏之作,气势磅礴。

曰:遂古之初①,谁传道之?上下未形②,何由考之?冥昭瞢暗③,谁能极之?冯翼惟像④,何以识之?明明暗暗⑤,惟时何为?阴阳三合⑥,何本何化?圜则九重⑦,孰营度之⑧?惟兹何功⑨,孰初作之?斡维焉系⑩?天极焉加⑪?八柱何当⑫?东南何亏?九天之际⑬,安放安属⑭?隅隈多有⑮,谁知其数?天何所沓⑯?十二焉分⑰?日月安属?列星安陈?出自汤谷⑱,次于蒙汜⑲。自明及晦,所行几里?夜光何德⑳,死则又育㉑?厥利维何㉒,而顾菟在腹㉓?女岐无合㉔,夫焉取九子?伯强何处㉕?惠气安在㉖?何阖而晦㉗?何开而明?角宿未旦㉘,曜灵安藏㉙?

【注释】

① 遂古:太古,远古。遂,通“邃”,遥远之意。

② 上下:犹言天与地。未形:没有形成。

③ 冥昭瞢(méng)暗:指昼夜不分,混沌不清。冥,晦暗。昭,明亮。瞢,昏暗不明。

④ 冯(píng)翼:混沌、空濛的样子。

⑤ 明明暗暗:指一天分昼夜而有明有暗。

⑥ 三合:“三”通“参”,意思是融合,交融。

⑦ 圜:通“圆”,指天体,所谓天圆。则:体制、规则。九重:传说天有九重,极言天高。

⑧ 营度:周围量度。营,周匝之意。度,度量。

⑨ 兹:此,代指天有九重。何功:何等的工程,功,通“工”,工程。

⑩ 斡(guǎn)维:运转的枢纽。斡,天地旋转的轴。维:指系在轴上

的绳索。

⑪ 天极:古代指天的南北两极,还有一说指北极。加:设置,安放。

⑫ 八柱:古代神话传说中认为地有八柱,用以承天。当:支撑。

⑬ 九天:天之中央与八方称为九天。

⑭ 放:至,到。属(zhǔ):连属,连接。

⑮ 隅(yú):角,角落。隈(wēi):弯曲。

⑯ 沓(tà):会合,合。

⑰ 十二:古人认为太阳与月亮在黄道上每年相遇十二次,所以将黄道分为十二,来记录日月运行的轨迹。

⑱ 汤(yáng)谷:又作"旸谷",古代神话中的日出之地。

⑲ 次:住宿,止息。蒙汜(sì):或称"蒙谷",蒙水之涯。古代神话中的日落之地。

⑳ 夜光:指月亮。

㉑ 死:指月缺而没。育:生,指月没而复圆。

㉒ 利:通"黧",黑色,这里指月亮中的黑影。

㉓ 而顾:姜亮夫在《屈原赋校注》解释说:"顾字当与'而'连续为一词,'而顾'犹言'而乃'。"菟(tù):有两种说法:一为兔,即月中玉兔。二是"顾菟"应连续为一词,可能是月兔之名。闻一多《天问疏证》认为是蟾蜍。

㉔ 女岐:古代传说中的神女,无夫而生育九子。合:婚配。

㉕ 伯强:有五种说法:一是风神的名字;二为疠鬼;三为水神;四为伯阳,也就是老子;五为阳气之意。

㉖ 惠气:和顺之气。还有一说指彗星,惠,通"彗"。

㉗ 阖(hé):关,闭。晦:暗,此指天黑。

㉘ 角宿:星宿名。二十八宿之一,东方苍龙七宿的第一宿。旦:指日出。

㉙ 曜(yào)灵:这里指太阳。

【译文】

问：上古开始之时，是由谁流传下去的？天地还没有形成的时候，要如何才能够探究清楚？天地蒙昧一片，昼夜不分，谁能够将它考察清楚？混混沌沌，要怎样识别将它认清？日月相推，昼夜相代，究竟为什么会是这样？阴阳相互融合而生万物，以什么为本体，又变化成什么？天分九重，究竟是谁度量过？这是多么大的工程，谁又开始建造的？使天体围绕轴心旋转的绳索，系在哪里？天轴的两端，又安置在哪里？支撑天体的八根巨柱，安放在哪里？东南方为何缺损不齐？九天的边际，分别安置在什么地方？又是如何连接的？天地间角落曲折处众多，谁又知道确切的数量？太阳和月亮在何处会合？黄道又是怎样划分为十二区的？日月是怎样附着在天上？群星又是怎样排列而有序？太阳从汤谷升起，在蒙水之涯落下。从清晨到傍晚，它行了多少里？月亮又有什么德行，可以缺而复圆？它上面的黑色阴影是什么？是不是一只兔子在那里面？女岐没有婚配，怎么能生出九个儿子？风神伯强居住在什么地方？那和顺之气又从哪里吹来？为什么天门合上就是夜晚，天门打开就是白天？东之星还未升起之前，太阳又藏在哪里？

不任汩鸿[①]，师何以尚之[②]？佥曰何忧[③]？何不课而行之[④]？鸱龟曳衔[⑤]，鲧何听焉[⑥]？顺欲成功[⑦]，帝何刑焉？永遏在羽山[⑧]，夫何三年不施[⑨]？伯禹愎鲧[⑩]，夫何以变化？纂就前绪[⑪]，遂成考功[⑫]。何续初继业[⑬]，而厥谋不同[⑭]？洪泉极深，何以寘之[⑮]？地方九则[⑯]，何以坟之[⑰]？河海应龙[⑱]，何尽何历[⑲]？鲧何所营[⑳]？禹何所成？康回冯怒[㉑]，墬何故以东南倾[㉒]？九州安错[㉓]？川谷何洿[㉔]？东流不溢，孰知其故？东西南北，其修孰多？南北顺椭[㉕]，其衍几何[㉖]？昆仑县圃[㉗]，其凥安在[㉘]？增城九重[㉙]，其高几里？四方之门，其谁从焉？西北辟启，何气通焉？日安不到，烛龙何照[㉚]？羲和之未扬[㉛]，若华何光[㉜]？何所冬暖？何所夏寒？焉有石林[㉝]？何兽能言？焉有虬龙[㉞]，负熊以游？雄虺九首[㉟]，儵忽焉在[36]？何所不死？长人何守[37]？靡蓱九衢[38]，枲华安居[39]？一蛇吞象[40]，厥大何如？黑水玄趾[41]，三危安在[42]？延年不死，寿何所止？鲮鱼何所[43]？鬿堆焉处[44]？羿焉彃日[45]？乌焉解羽[46]？

【注释】

① 汩（gǔ）：治，治理。鸿：通“洪”，洪水之意。

② 师：众人。尚：上，推举，举荐。

③ 佥（qiān）：大家，众人。

④ 课：试，试验。

⑤ 鸱（chī）龟：一种形如鸱鸟的龟。曳（yè）衔：牵引连接。

⑥ 听：读为“圣”，圣德之意。

⑦ 顺欲：顺众人之欲，顺从众人的愿望。

⑧ 遏（è）：禁，囚禁。羽山：神话中的山名，传说中舜杀鲧的地方。

⑨ 三年：指多年。施：舍，放。

⑩ 伯禹：即禹。伯为封爵，禹曾经受封为夏伯，故称伯禹。愎：通“腹”，这里指禹从父亲的腹中生出来。

⑪ 纂（zuǎn）：通“缵”，继承之意。

⑫ 考：父死称考。功：功业。

⑬ 续初：继续其父鲧的事业。

⑭ 厥谋：指禹治水的谋略。厥，其，这里指代禹。

⑮ 窴（tián）：通“填”，填充，填塞。

⑯ 方：区分。九则：九等，九品，禹以土地的美恶分天下土地为上上、上中、上下、中上、中中、中下、下上、下中、下下九等。

⑰ 坟：区别，区分。

⑱ 应龙：古代传说中一种有翅膀的龙。据说当初夏禹治水时，应龙以尾画地，疏导水流，水泉遂流通。

⑲ 尽：疑为“画”，划的意思。此句本作“应龙何画，河海何历”。

⑳ 营：惑乱的意思。还有一说为“营造”之意。

㉑ 康回：古代传说中的人物，即共工。王逸《楚辞章句》中解释为："康回，共工名也。"《淮南子》记载："共工与颛顼争为帝，不得，怒而触不周之山，天维绝，地柱折，故东南倾也。"冯（píng）怒：盛怒，大怒。

㉒ 墬（dì）：一作"地"。

㉓ 九州：古代传说中禹分天下为翼、兖、青、徐、扬、荆、豫、梁、雍九州。错：通"措"，安置，放置。

㉔ 洿（wū）：深。

㉕ 椭（tuǒ）：狭长的意思。

㉖ 衍：余，多余。

㉗ 昆仑：神话传说中的神山。县圃：神话中神仙居住的地方，在昆仑山顶。

㉘ 尻（kāo）：即"尻"，本指脊骨的末端，或指臀部。引申为山脊的尽头。

㉙ 增城：古代神话中的地名，在昆仑山上。九重（chóng）：极言其高。

㉚ 烛龙：古代神话中的神名。洪兴祖《楚辞补注》："《山海经》云：'钟山之神，名曰烛阴，视为昼，瞑为夜，吹为冬，呼为夏，不饮不食，不喘不息，身长千里，人面蛇身，赤色。'注曰：即烛龙也。"

㉛ 羲（xī）和：古代神话传说中的人物。驾御日车的神。扬：扬鞭东行。

㉜ 若华：若木所开的花。若木，传说中的神树。《山海经·大荒北经》："大荒之中，有衡石山、九阴山、洞野之山，上有赤树，青叶赤华，名曰若木。"

㉝ 石林：石柱之林。

㉞ 虬（qiú）龙：无角之龙。

㉟ 虺（huǐ）：一种毒蛇。

㊱ 儵（shū）忽：行动迅疾的样子。

㊲ 长人：长寿的人。守：指操守，操持。姜亮夫《屈原赋校注》："此中长寿之人，更有何操守而能长寿乎？"

㊳ 靡蓱(píng):漂流的浮萍。九衢(qú):纵横交叉的大道,这里指靡蓱的分枝很多,如九达之衢。

㊴ 枲(xǐ)华:麻的花。枲,大麻的雄株,只开雄花,不结果实,称“枲麻”。

㊵ 一蛇吞象:王逸《楚辞章句》:“《山海经》云:南方有灵蛇,吞象,三年然后出其骨。”

㊶ 黑水:古代神话传说中的水名,出于昆仑山。玄趾:疑为“交趾”,古地名。

㊷ 三危:古山名。大致有四种说法:一即甘肃敦煌三危山。二在甘肃岷山西南。三在西藏。四即仙山。

㊸ 鲮(líng)鱼:神话中的一种鱼。

㊹ 鬿(qí)堆:即鬿雀,古代传说中的一种怪鸟,能食人。

㊺ 羿(yì):尧时人,善射箭。弹(bì):射。

㊻ 乌:传说日中之金乌。解羽:羽毛脱落,这里指乌死。王逸《楚辞章句》:“淮南言尧时十日并出,草木焦枯,尧命羿仰射十日,中其九日,日中九乌皆死,堕其羽翼。”

【译文】

鲧不能胜任治水,众人为何要推举他?众人都说没有什么好担心的,为什么不让他试一试呢?鲧到底有什么品德圣行,可以让神龟来帮助他?顺从众人的想法治水,帝尧为什么要惩罚他?把他长久地囚禁在羽山,为什么那么多年不把他释放?禹从鲧的肚子里生出来,为什么会有变化而具有如此圣德?禹继承了其父鲧的事业继续治水,却成就了一番丰功伟绩。为什么禹继承了鲧的事业,他们治水的谋略却不相同?洪水那么深,禹是用什么把它填满的?九州之地分为九品,禹又是根据什么标准来进行划分的?应龙是如何以尾画地的?江河又是如何畅流无阻?鲧被什么所迷惑?禹又为什么能够成功?共工盛怒,为什么会让大地向东南倾斜?九州大地如何安置?川谷的水为何如此之深?东流之水不会溢出,谁知道其中的原因?东西南北,哪一边的距离更长?南北狭长，它能比东西长出多少？昆仑山上县圃之地，它的尾部又在哪里？山上还有那九重增城，它到底又有多高？昆仑山上的四方之门，谁从那里进出？西北之门大开，什么气息从那里通过？太阳怎么会有照不到的地方？烛龙又照亮了哪里？羲和还没有御日而行，若木之花为何能照亮大地？什么地方冬日温暖？什么地方夏日寒冷？哪里有石林？哪一种野兽能言？哪里有虬龙，驮着熊兽游玩？雄蛇拥有九个头颅，往来迅疾到底在哪里？什么地方的人能够长生不老？长寿之人有何操守可以如此？浮萍蔓延，枝叶盘错，枲麻之花又生在哪里？一条蛇能够吞下一头大象，它究竟有多大？黑水、交趾、三危又在什么地方？延年益寿得以不死，寿命又会在何时结束？传说中的鲮鱼在哪里？吃人的鬿雀又在哪里？羿为什么要射掉九日，金乌又为何会死？

禹之力献功[1]，降省下土四方[2]，焉得彼嵞山女[3]，而通之於台桑[4]？闵妃匹合[5]，厥身是继[6]，胡维嗜不同味[7]，而快鼂饱[8]？启代益作后[9]，卒然离蠥[10]，何启惟忧[11]，而能拘是达[12]？皆归射鞫[13]，而无害厥躬[14]。何后益作革[15]，而禹播降[16]？启棘宾商[17]，《九辩》《九歌》[18]。何勤子屠母[19]，而死分竟地[20]？帝降夷羿[21]，革孽夏民[22]。胡射夫河伯[23]，而妻彼雒嫔[24]？冯珧利决[25]，封豨是射[26]。何献蒸肉之膏[27]，而后帝不若[28]？浞娶纯狐[29]，眩妻爰谋[30]。何羿之射革[31]，而交吞揆之[32]？阻穷西征[33]，岩何越焉[34]？化为黄熊[35]，巫何活焉？咸播秬黍[36]，莆雚是营[37]。何由并投[38]，而鲧疾修盈[39]？白蜺婴茀[40]，胡为此堂[41]？安得夫良药[42]，不能固臧[43]？天式从横[44]，阳离爰死。大鸟何鸣[45]，夫焉丧厥体？蓱号起雨[46]，何以兴之？撰体协胁[47]，鹿何膺之[48]？鳌戴山抃[49]，何以安之？释舟陵行[50]，何以迁之？惟浇在户[51]，何求于嫂？何少康逐犬[52]，而颠陨厥首[53]？女歧缝裳[54]，而馆同爰止[55]，何颠易厥首[56]，而亲以逢殆[57]？汤谋易旅[58]，何以厚之？覆舟斟寻[59]，何道取之？桀伐蒙山[60]，何所得焉？妹嬉何肆[61]，汤何殛焉[62]？舜闵在家[63]，父何以鳏[64]？尧不姚告[65]，二女何亲[66]？厥萌在初[67]，何所亿焉？璜台十成[68]，谁所极焉？登立为帝，孰道尚之？女娲有体[69]，孰制匠之？舜服厥弟[70]，终然为害。何肆犬体[71]，而厥身不危败[72]？吴获迄古[73]，南岳是止[74]。孰期去斯[75]，得两男子[76]？缘鹄饰玉[77]，后帝是飨[78]。何承谋夏桀[79]，终以灭丧？帝乃降观[80]，下逢伊挚[81]。何条放致罚[82]，而黎服大说[83]？

【注释】

① 力：勤勉。功：指治理水患，平定九州之功。

② 降省：降临视察。

③ 嵞（tú）山：即“涂山”，古国名。传说大禹治水，娶涂山氏之女。

④ 通：通婚。台桑：地名，传说中禹娶涂山氏之女处。

⑤ 闵（mǐn）：通“悯“，怜爱。妃：匹配。匹合：婚配。

⑥ 厥身是继：指涂山氏之女生启之事。

⑦ 胡维：为什么。嗜：爱好。姜亮夫《屈原赋校注》认为“嗜不同味”之“不”字，误衍，可从。指所好与众人一样。

⑧ 快：满足。鼂（zhāo）：通“朝”，指时间很短。饱：当为“食“之误。朝食，是古人关于男女交媾的隐语。

⑨ 启：禹之子，夏朝第一个君主。益：禹的大臣，是禹选定的继承人。后：君主。

⑩ 卒：通“猝”，突然。离：遭到，遭受。蠥（niè）：忧，忧患。

⑪ 惟：犹“罹“，遭受之意。

⑫ 拘：指启被囚禁。达：指启得以逃脱。

⑬ 躲鞫（jū）：即鞠躬之意。即“躲，一作“射”，当写作“躬”。鞫，一作“鞠”。而此外指交战。

⑭ 厥躬：指启。

⑮ 作：通“祚”，国祚，国家的福祉。革：变革之意，这里指启代益为王。

⑯ 播降：后代子嗣昌隆。

⑰ 棘：急迫，急切。宾：祭祀。商："帝"之误。

⑱《九辩》《九歌》：古乐名，传说启所作。

⑲ 勤子：贤子，指启。屠母：传说启的母亲涂山氏化而为石，石破而生启。

⑳ 死：通"尸"，尸体。竟地：遍地，满地。

㉑ 夷羿：诸侯名，指有穷氏羿，夏太康、少康时人，擅射箭。

㉒ 革：革除。孽（niè）：忧，忧患。夏民：夏朝之民，或泛指百姓。

㉓ 河伯：即黄河水神。

㉔ 雒嫔（luò pín）：上古神话中的雒水女神。名宓妃。

㉕ 冯（píng）：挟，挟持。珧（yáo）：本指蚌蛤的甲壳，作为刀、弓上的装饰品。这里指宝弓。利：精良。决：通"玦"，套在拇指上钩弦的工具。

㉖ 封豨（xī）：神兽之名。传说尧时后羿有射杀封豨之事，这里的羿是夏太康、少康时人，诗人把二者相混淆了。

㉗ 蒸肉：祭祀之肉。膏：脂也。

㉘ 后帝：天帝。若：顺，顺畅之意。

㉙ 浞（zhuó）：寒浞，传说为羿之相，后杀掉羿而自立。纯狐：纯狐氏之女，羿的妻子。

㉚ 眩（xuàn）妻：迷惑人的妻子，指纯狐氏。爰（yuán）：于，于是。

㉛ 革：射穿兽皮。传说中羿善射，能够射穿七层兽皮。

㉜ 吞：消灭。揆（kuí）：灭，破。

㉝ 西征：指鲧被放逐到位于东方的羽山，自西而向东，称为西征。

㉞ 岩：险峻，险要，这里指前往羽山路遇的艰险。

㉟ 黄熊：指鲧化黄熊之事。

㊱ 秬（jù）黍：黑黍，黑米。

㊲ 莆雚（huán）：两种水草。营：耕地，耕种。

㊳ 并投：一起被流放，指鲧与共工、驩兜、三苗三凶等人一起被流放。还有一说是鲧与妻子修己一同被流放。

㊴ 疾：罪恶。修盈：指罪恶极重。修，长。盈，满。

㊵ 白蜺(ní):白色的虹,蜺,通“霓”,副虹。婴:缠绕。茀(fú):指云的样子。

㊶ 堂:有四种说法:一指屈原“呵壁问天”时所在的祠堂;二是指崔文子向王子侨学仙时的堂室;三指后羿藏药之室;四是堂皇、盛美之意。

㊷ 良药:指不死之药。

㊸ 固臧(cáng):稳妥地保存。固,稳,稳妥。臧,同“藏”,保管,保存。

㊹ 天式:天的法式,即自然法则。从(zòng)横:即“纵横”,此消彼长、生死轮回。

㊺ 大鸟:王子侨所化之鸟。王逸《楚辞章句》:“言崔文子取王子侨之尸,置之室中,覆之以弊筐,须臾则化为大鸟而鸣,开而视之,翻飞而去。文子焉能亡子侨之身乎?言仙人不可杀也。”还有一种说法是日中金乌。

㊻ 蓱(píng):蓱翳,古代神话中的雨师之名。号:号令。

㊼ 撰:通“巽”,柔顺,顺从。协:顺,合。

㊽ 鹿:指风神飞廉,传说其为鹿身。膺(yīng):承,受。

㊾ 鳌(áo):海中的大龟。戴:负,驮。抃(biàn):拍。这里指大龟游动。

㊿ 释:置,放置。陵:本义为土山,此指陆地,陵行,即在陆地上行走。

51 浇(ào):寒浞之子,相传是个大力士。

52 少康:夏代中兴之主,帝相之子。

53 颠陨:跌落,坠落。这里指浇被少康所杀。厥首:指浇的头颅。

54 女歧:传说为浇的嫂子,与浇有淫逸之事。缝裳:缝制衣裳,当是女歧与浇的亲密行为。

55 馆同:即“同馆”,同房。爰:于是。止:止宿。

56 易:交换,此处指砍错了女歧之头。王逸《楚辞章句》:“言少康夜袭得女歧头,以为浇,因断之,故言易首。”厥首:指女歧的头颅。

57 亲:指女歧。逢殆(dài):遭遇灾祸,指被杀害。

58 汤:应为“康”,指少康。指夏主少康中兴之事。易:治理,整治。旅:军队。

㊾ 斟(zhēn)寻：古国名。夏的同姓诸侯国。

⑥⓪ 桀(jié)：夏代最后一位君主，历史上著名的暴君。蒙山：古国名。

⑥① 妺嬉(mò xǐ)：有施氏之女，夏桀所宠爱的妃子。肆：放纵，放任。

⑥② 殛(jí)：惩罚，诛杀。

⑥③ 闵：同"悯"，怜悯之意，此指孝。

⑥④ 父：当为"夫"之。姜亮夫《屈原赋校注》解释说："'父何以鱞'，父字讹，当为夫字。'夫何以鱞'，《天问》句例。"鱞(guān)：同"鳏"，男子年长而无妻。

⑥⑤ 姚告：即告姚。姚，舜的姓。这里指舜的父母。

⑥⑥ 二女：此指尧的女儿娥皇和女英，后嫁给舜。亲：结为婚姻关系。

⑥⑦ 萌：萌芽。

⑥⑧ 璜(huáng)台：用玉石装饰的楼台。十成：十重。

⑥⑨ 女娲(wā)：神话中的女帝名。

⑦⓪ 弟：指舜的弟弟象。

⑦① 犬体：这里是对舜弟象的贬称，称其行为与犬相类。还有一本写作"犬豕"。

⑦② 危败：危险失败。

⑦③ 获：得到。还有一说认为"吴获"是人名。迄(qì)古：从远古时开始，终古。

⑦④ 南岳：没有实指，泛指南方地区。止：留下。

⑦⑤ 去：应作"夫"，于。斯：这样，指代前文所讲的情况。

⑦⑥ 两男子：指周的祖先古公亶父的长子太伯、次子仲雍，他们为了让弟弟季历继位，就跑到南方，开创了吴国。

⑦⑦ 缘鹄(hú)饰玉：王逸注："后帝，谓殷汤也。言伊尹始仕，因缘烹鹄鸟之羹，脩玉鼎，以事於汤。汤贤之，遂以为相也。"伊尹为了汤陈说治国之道，而借助烹调食物供汤享用之际去接近汤。缘、饰，装饰之义。鹄、玉，皆鼎上用作装饰的花纹与器物。

⑦⑧ 后帝：指汤。飨(xiǎng)：拿酒食招待。

⑲ 承谋：指汤接受伊尹的谋略，假意事奉夏桀，实图灭之。

⑳ 帝：指汤。降观：指汤四处视察，出观风俗。

㉑ 伊挚：即伊尹之名，商之名臣，原是汤的妻子陪嫁的奴隶，后助汤伐夏桀成功。

㉒ 条放：指夏桀被流放到鸣条。条，鸣条，地名。致罚：招致上天的惩罚。

㉓ 黎服：黎民，天下的众百姓。说：通“悦”。高兴，喜悦。

【译文】

大禹以勤力治理水患，献进其功，巡查四方。在哪儿遇到的涂山氏女，与她私会并在台桑成婚的？大禹和涂山氏女成就婚配，因此有了后继之人。为什么嗜欲与常人一样，以求一朝之欢情？启取代了益成为君主，突然遇到了灾祸。为什么启会遭难，却能从囚禁之中逃脱？都是勤谨鞠躬尽瘁，没有损害他们自身的缘故。为什么益的政权被夺走，而禹的后嗣却能繁荣昌盛？启急切地向天帝祭祀并且得到了《九辩》和《九歌》。为什么这样勤勉的儿子会害死自己的母亲，让她的尸骨遍地散落？帝尧派下了羿，让他为夏消除忧患，他为什么要把河伯射瞎，又娶了他的妻子雒水女神？他还携带着强弓利器，射死了巨大的野猪。为什么他献给天帝肥美的祭肉，天帝却不顺心满意？寒浞娶走了羿的妻子纯狐氏女，那个善于迷惑人的妻子却与浞合谋杀害羿。为什么羿能射穿皮革，却被其妻和寒浞所消灭？鲧被流放羽山，自西向东进发，他是怎样越过那险峻的高山？鲧已化为黄熊，神巫又怎么能把他救活？他辛勤耕作，土地都已种上了黑粟，水塘也种满了莆雚。为什么却与共工等人一起被流放？难道他真的罪恶滔天？以白虹为衣，云雾为裙，嫦娥为何要打扮得如此富丽堂皇？她从哪里得到了那不死之药，却又不能妥善地保存？天的法式就是生生死死，此消彼长，阳气离开就会死亡。大鸟为何会发出鸣叫？变成大鸟的王子侨怎么会失去了原来的身体？雨师萍翳发出号令就能下雨，雨又是怎样兴起的？风神性情柔顺，它是如何响应的？海中的巨龟背负着大山游动，是怎么能让大山稳定不移的？将船放在陆地上行驶，怎样才能移动它？浇力大无比，居家之时，为什么还要向他的嫂子求助？为什么少康驱驰着猎犬，便能砍下浇的首级？女歧为浇缝制衣裳，并同他住在一起，为什么少康砍下女歧的头，亲信之人反而遭到祸殃？少康谋划着整顿军队，他依靠什么增强自己的力量？浇曾经倾覆了斟寻国的战船，少康用什么方法战胜了他？夏桀讨伐蒙山，获得了什么？妹嬉是怎样的放纵，汤是怎样地将她惩罚？舜在家非常仁孝，他的父亲为何不让他娶妻？尧不告诉舜的父母，他的两个女儿又如何与舜成婚？起初刚刚有淫奢萌芽，怎么能够预料到结局？纣王建造十重的玉台，谁能达到这种程度？登上帝位，是谁引导又尊尚他？女娲身体有千般变化，又是谁造就了她？舜恭顺地对待他的弟弟象，却终于成了祸患。象是如此地放肆如同猪狗，其身却没有失败灭亡？吴国国运长久，江南之地，百姓至此便停留。谁能想到其中的原因，是因为出了泰伯、仲雍这两个贤良的男子？伊尹用精美的器具烹制美味的羹肴进献给汤，从而得到了赏识。商汤为什么要使用伊尹的谋略，最终使夏桀败亡？汤巡视四方以观风俗，遇到了伊尹。为何夏桀在鸣条受到惩罚，百姓却非常高兴？

简狄在台①，喾何宜②？玄鸟致贻③，女何喜④？该秉季德⑤，厥父是臧。胡终弊于有扈⑥，牧夫牛羊？干协时舞⑦，何以怀之⑧？平胁曼肤⑨，何以肥之？有扈牧竖⑩，云何而逢？击床先出⑪，其命何从？恒秉季德⑫，焉得夫朴牛⑬？何往营班禄⑭，不但还来⑮？昏微遵迹⑯，有狄不宁⑰。何繁鸟萃棘⑱，负子肆情⑲？眩弟并淫⑳，危害厥兄。何变化以作诈㉑，后嗣而逢长？成汤东巡，有莘爰极㉒。何乞彼小臣㉓，而吉妃是得㉔？水滨之木，得彼小子㉕。夫何恶之，媵有莘之妇㉖？汤出重泉㉗，夫何罪尤㉘？不胜心伐帝㉙，夫谁使挑之？

【注释】

① 简狄：相传为有娀氏之女，帝喾之妃。

② 喾(kù):传说中的上古帝王。

③ 玄鸟:黑色的鸟,指燕子。致贻(yí):送,送给。王逸《楚辞章句》:"贻,遗也。言简狄侍帝喾于台上,有飞燕坠遗其卵,喜而吞之,因生契也。"

④ 喜:一作"嘉",指受孕而生子。

⑤ 该:人名,殷侯亥。季:人名,亥之父,殷侯冥。二人为商的祖先。

⑥ 弊:通"毙",倒下,死。《山海经·大荒东经》记载:"王亥托于有易,河伯仆牛。有易杀王亥,取仆牛。"有扈(hù):当为"有易"之误,有易,古国名。

⑦ 干:盾牌。协:合。时舞:执干戚而舞,古代一种大型乐舞,英武雄壮。

⑧ 怀:招致,引诱。

⑨ 平胁:指形体俊美。曼肤:皮肤细腻柔和。此句形容有易氏之女体态丰盈曼泽之状。

⑩ 有扈:即有易。这里指王亥所淫之女。牧竖:指王亥,蔑称。

⑪ 击床:姜亮夫《屈原赋校注》认为这是指有易氏杀亥事。王亥被人袭击于床笫之间。

⑫ 恒:王亥之弟,殷侯王恒。

⑬ 朴牛:大牛。

⑭ 营:营求。班禄:班位和俸禄。

⑮ 但:空。一种说法认为是"得"的误写。

⑯ 昏微:指王亥之子殷侯上甲微。迹:道路。

⑰ 有狄:即有易,狄,通"易"。不宁:不安宁,不安分。

⑱ 繁鸟萃棘:表示虽无人在旁,但还是有人看着,比喻暗中做坏事是掩盖不住的。姜亮夫《校注》认为这句或指上甲微晚年的荒淫之行。

⑲ 负:姜亮夫推测应为"媍"字,"妇子"或指上甲微抢夺儿媳为自己妻子的丑行。

⑳ 眩(xuàn):昏乱,荒唐。

㉑ 变化：指改变继承帝位的顺序。作诈：行为狡诈。

㉒ 有莘(shēn)：古国名。在今河南省陈留县。

㉓ 乞：讨，求。小臣：指伊尹。

㉔ 吉妃：贤妃，有莘氏之女。得：娶。

㉕ 小子：指伊尹。

㉖ 媵(yìng)：陪嫁之意，指汤娶有莘氏之女为妻，以伊尹为其陪嫁。

㉗ 重泉：古地名。《史记·夏本纪》记载，夏桀曾将汤囚禁在夏台，后来将其释放。重泉，大概就是夏台所在之地。

㉘ 尤：过失，错误。

㉙ 胜心：忍耐，压住怒气。帝：指桀。

【译文】

简狄住在高高的瑶台之上，帝喾为什么对她中意？玄鸟给简狄送来了礼物，她为什么会吞掉它而怀孕有子？王亥继承了他父亲王季的德行，并受到了其父的褒奖。为什么会最终遭到有易之灾，为人牧牛放羊？执起盾，跳起万舞，他何以诱惑有易氏之女？有易氏之女体态丰盈，皮肤细腻，王亥如何能匹配她？一个是有易氏的美女，一个是低贱的放牧人，为什么能够相逢？有易氏要杀亥，事发之前他尚未走出家门，他的性命如何得以保全？恒继承了他的父亲季的美德，他是从哪里得到的大牛？他为何要去有易国以求爵禄，却不能安然归来？上甲微遵循着父辈们的道路，有易氏从此不得安宁。为什么众鸟儿栖于树丛，他与其子妇淫乱放纵情欲？昏乱的弟弟和他一起淫乱，最后却谋害了兄长。为何坏人篡夺王位，行为狡诈奸险，却能子孙昌盛？成汤出巡东方，到达有莘氏之国。他为何想要小臣伊尹，还能再获得美丽的贤妃？在水边的空桑之木中，伊尹降生。为什么会遭到厌弃，让他做有莘氏之女的陪嫁？汤在重泉被囚禁后来被释放，是因何种罪过？汤难以忍受胸中的怒火，讨伐夏桀，这又是谁挑起的？

会鼂争盟[①]，何践吾期[②]？苍鸟群飞[③]，孰使萃之？到击纣躬[4],叔旦不嘉[5]。何亲揆发足[6],周之命以咨嗟[7]？授殷天下,其位安施？反成乃亡[8],其罪伊何？争遣伐器[9],何以行之？并驱击翼,何以将之？昭后成游[10],南土爰底[11]。厥利惟何,逢彼白雉[12]？穆王巧梅[13]？夫何为周流？环理天下[14],夫何索求？妖夫曳衒[15],何号于市？周幽谁诛,焉得夫褒姒[16]？天命反侧,何罚何佑？齐桓九会[17],卒然身杀[18]。彼王纣之躬[19],孰使乱惑？何恶辅弼[20],谗谄是服[21]？比干何逆[22],而抑沉之？雷开阿顺[23],而赐封之？何圣人之一德,卒其异方[24]？梅伯受醢[25],箕子详狂[26]。稷维元子[27],帝何竺之[28]？投之於冰上,鸟何燠之[29]？何冯弓挟矢[30],殊能将之？既惊帝切激[31],何逢长之[32]？伯昌号衰[33],秉鞭作牧[34]。何令彻彼岐社[35],命有殷国？迁藏就岐,何能依？殷有惑妇,何所讥？受赐兹醢[36],西伯上告。何亲就上帝罚[37],殷之命以不救？师望在肆[38],昌何识[39]？鼓刀扬声,后何喜？武发杀殷[40],何所悒[41]？载尸集战[42],何所急？伯林雉经[43],维其何故？何感天抑墬[44],夫谁畏惧？皇天集命[45],惟何戒之？受礼天下[46],又使至代之[47]？初汤臣挚[48],后兹承辅。何卒官汤[49],尊食宗绪[50]？勋阖梦生[51],少离散亡。何壮武厉,能流厥严？彭铿斟雉[52],帝何飨[53]？受寿永多[54],夫何久长？中央共牧[55],后何怒？蜂蛾微命[56],力何固？惊女采薇[57],鹿何祐[58]？北至回水[59],萃何喜[60]？兄有噬犬[61],弟何欲[62]？易之以百两[63],卒无禄[64]。

【注释】

①会鼂(zhāo):鼂,也写作“晁”,通“朝”,会鼂即“朝会”。争盟:一本作“请盟”,即向神宣誓。

②践:履行。吾期:武王定下的伐纣的日期。

③苍鸟:苍鹰,比喻跟随武王讨伐商纣的将士们。

④到击:一作“列击”,击杀之意。朱熹《楚辞集注》:“《史记》言:武王至纣死所,射之三发,以黄钺斩其头,悬之太白之旗,此所谓列击纣躬

也。”躬：身体，躯体。

⑤ 叔旦：即周武王的弟弟，周公旦。不嘉：不嘉许，不赞同。

⑥ 揆（kuí）：揣度，策划。发：指周武王之名。足：根据姜亮夫《屈原赋校注》，认为“足”当为“定”，“使安定”之意，并且应该放在下句。

⑦ 咨嗟（zī jiē）：叹息之意。

⑧ 反：一本作“及”，指商获得了天下而又失去了它。

⑨ 伐器：攻伐的武器，此指武王东征之事。

⑩ 昭：指周昭王。成：同“盛”，盛大意。

⑪ 南土：周昭王背成王之制而出游，南至于楚而不还。南土即指这一地区。底：止，至。

⑫ 白雉（zhì）：白色羽毛的野鸡。

⑬ 穆王：周昭王之子。巧梅：精于驱车策马。梅，通“枚”，策，马鞭。还有一说通“悔”，贪求之意。

⑭ 环理：即“环履”，周游。

⑮ 妖夫：妖怪，妖人。曳衒（xuàn）：即“曳衒”，言夫妇相引，行卖于市。

⑯ 褒姒（bāo sì）：周幽王之妃。

⑰ 九会：指齐桓公任用管仲多次与诸侯会盟。

⑱ 身杀：身死之意。

⑲ 躬：身体，身躯。

⑳ 辅弼：辅佐君主的大臣。

㉑ 谗谄：好谗谮谄谀之人。服：用，任用。

㉒ 比干：商纣王之叔，因屡次劝谏纣王，被剖心而死。逆：违背，触犯。

㉓ 雷开：纣王时的奸臣。阿（ē）：阿谀之意。姜亮夫认为应作“何”，其《屈原赋校注》称：“作阿非是，此与上句何逆为相对而相反之问，若为阿，则为陈述语矣。”

㉔ 卒：最终。方：方法，方式。

㉕ 梅伯：纣时诸侯，因直言劝谏而被纣王所杀。醢（hǎi）：肉酱，此处

为动词意，剁成肉酱。

㉖ 箕(jī)子：纣王亲戚。详(yáng)狂：假装疯狂。详，通"佯"。根据《史记·殷本纪》的记载，纣王杀比干后，箕子乃发佯狂为奴。

㉗ 稷(jì)：即后稷，周人始祖，其母姜嫄。元子：嫡长子。

㉘ 帝：指帝喾。竺(zhú)：厚。还有一种说法认为"竺"通"毒"。

㉙ 燠(yù)：使温暖，使热。《史记·周本纪》记载帝喾将稷"弃渠中冰上，飞鸟以其翼覆荐之"一事。

㉚ 冯(píng)弓：拿着弓。冯，同"凭"，持着。

㉛ 惊帝：惊动了天帝。关于"帝"，有三种说法：一指天帝；二指商纣；三指帝喾。切激：激烈。

㉜ 逢长：久长。长，还有一种说法就是文王受封的西伯或西长一职。

㉝ 伯昌：即周文王姬昌。衰：衰乱的时代。

㉞ 秉鞭：执政。秉，执。鞭，比喻政权。牧：古代地方长官。

㉟ 彻：毁坏。岐：地名，今陕西岐山县，周建国于此。社：土地神的祭祀庙宇。

㊱ 受：纣王之名。兹：子的假借字。指纣王杀死文王之子伯邑考，并烹以为羹，赐给文王食。

㊲ 亲：指纣王。就：遭到，遭受。

㊳ 师望：即姜太公吕望，曾为太师。肆：指店铺。

㊴ 昌：即周文王姬昌。

㊵ 武发：指周武王姬发。殷：指商纣王。

㊶ 悒(yì)：忧郁，不安。

㊷ 尸：神主牌，以木为之。集战：会战。

㊸ 伯林：指纣王。雉(zhì)经：上吊自杀。

㊹ 墬(dì)：通"地"。

㊺ 集命：汇集天命于一身。

㊻ 礼：通"理"，统治，管理。

㊼ 至：后来之人。

㊽ 臣挚：任用伊尹为臣，挚是伊尹的名。

㊾ 官汤：指伊尹辅佐商汤。

㊿ 尊食：享受宗庙祭祀。宗绪：宗庙。

51 勋：功绩。阖（hé）：指吴王阖闾。梦：阖闾的祖父，吴王寿梦。

52 彭铿（kēng）：彭祖，传说寿命长达八百岁。斟（zhēn）雉：调制雉羹。

53 帝：天帝。还有一说指帝尧。飨（xiǎng）：享用。

54 受寿永多：很长寿。据传说彭祖寿七百六十七岁。

55 中央：指周王朝。共牧：共同治理。《史记·周本纪》记载因为周厉王暴虐，所以周人将其流放，由周公、召公共同执政。

56 蜂蛾：指众百姓。

57 惊女采薇：指伯夷、叔齐事，二人不食周粟，在首阳山采薇为食，有女子说："子义不食周粟。此亦周之草木也。"

58 鹿何祐：为何得到神鹿的护佑。闻一多《楚辞校补》："《琱玉集感应篇》引《列士传》曰：伯夷兄弟遂绝食（薇），七日，天遣白鹿乳之。此即所谓'鹿何祐'也。"

59 回水：因首阳山处河曲之中，故以曲水称之。

60 萃：聚集，会集。

61 兄：指春秋时期秦景公伯车。噬（shì）犬：咬人的犬。

62 弟：指秦景公的弟弟子鍼。

63 易：交换。两：通"辆"，量词。

64 无禄：失去爵位奉禄。

【译文】

诸侯们聚集在一起结盟宣誓，为何他们能践行与周武王的约期？苍鹰般的将士勇战杀场，究竟是谁使他们聚集到一起？武王率兵击杀纣王，周公旦并不赞同。他亲自为武王出谋划策，安定周室，却为何还要长叹？天帝把天下交给殷来治理，其帝位又是如何设置的？殷室王位已战，又让他们灭亡，他们究竟犯了什么罪？将士们争相拿起武器踊跃参战，究竟是如何动员的？将士们并驾齐驱，攻击敌军的两翼，他是如何指挥的？昭王举行盛大的巡游，来到了南方才停止。他到底要得到什么？难道只是遇见了那只白色的野鸡？穆王善于驾御之术，为何要周游四方？足迹遍布全国，他又有什么愿望与追求？妖人夫妇相携沿街叫卖，为何在街市上呼号？周幽王要杀掉谁？他是如何得到褒姒的？天命反复无常，它会惩罚何人？又会保佑何人？齐桓公多次与诸侯会盟，为什么最终却受困身死。那个商纣王，是谁让他变得如此暴虐荒淫？他为何厌恶一心一意辅佐他的忠臣，而任用那些谗佞小人？比干到底哪里忤逆了纣王而受到压制？雷开又是如何阿谀顺从纣王，为何会受到赏赐？为什么圣人的品德都是一致的，最终的结局却不相同？梅伯受刑被剁成肉酱，箕子装疯来逃避现世。后稷是帝喾的嫡长子，帝喾为何毒害他？把稷丢在寒冰之上，鸟儿为什么会用翅膀去温暖他？为何稷长大后能操弓执箭，还具有善治农业的特殊才能？既然他的出生已经强烈地惊动了天帝，为何他的后嗣如此繁荣昌盛？西伯侯姬昌在乱世中发号施令，成为雍州之牧。武王姬发为什么放弃了在西岐的宗庙，享有天命而占有殷的天下？周太王携带着宝藏迁居到岐地，他如何能让其部族百姓都追随着他？纣王身边有妲己的迷惑，进谏又有何用？被赐予用自己的儿子做成的肉羹给文王，文王向上天告状。为什么纣王受到了上天的惩罚，但殷的命运却仍然难以挽救？太公吕望在市井肉店，姬昌如何会结识他？听到太公鼓刀割肉之声，西伯为何会高兴？武王姬发想要诛杀纣王，为何抑郁而不能久忍？他用车载着父亲的灵位，聚集士兵出战，为何这样急切？纣王自缢，这究竟是什么原因？为何武王要惊天动地向上天呼告？难道他还害怕谁吗？上天既然把天命赐予殷，为何又不去劝诫？纣王既然已统治天下，又为何被人所取代？当初汤任用伊尹为臣，后来伊尹开始辅佐商汤。他为什么最终辅佐商汤并成就其伟业，配祀商汤，得以用王者礼乐祭祀？功绩显赫的阖闾是吴王寿梦的孙子，从小就流亡在外。为何长大后勇武威猛，威名四处流传？彭祖烹调雉羹，天帝为何喜欢享用？他的寿命极长，为何能够如此高寿？大地中央共同治理，君主为何发怒？百姓地位原本低贱，他们的力量为何会如此强大？伯夷、叔齐采薇惊动了女子，白鹿为何要庇护他们？他们向北而行到达首阳山，一同饿死在这里为何会那么高兴？秦景公有一条猛犬，他的弟弟为何想要拥有？他想用一百辆车来换一条狗，却最终失去了禄米。

薄暮雷电，归何忧①？厥严不奉②，帝何求③？伏匿穴处④，爰何云？荆勋作师⑤，夫何长？悟过改更，我又何言？吴光争国⑥，久余是胜⑦。何环穿自闾社丘陵⑧，爰出子文？吾告堵敖以不长⑨。何试上自予⑩，忠名弥彰？

【注释】

① 归何忧：想要回去又有何忧愁。

② 厥：其，这里代指楚国。不奉：不能维护。

③ 帝何求：即“何求于帝”，向天帝请求又有何用。帝，天帝。

④ 伏匿（nì）：隐藏，躲藏。穴处：居住在山洞，也就是身处于荒野。

⑤ 荆勋：这里指楚国的有功勋的旧贵族。作师：毛晋本作“荆勋徇师”，以身殉国之意。

⑥ 光：吴国公子光，阖闾名。争国：指楚吴相争。

⑦ 久余是胜：即“久胜余”，长久地战胜我们楚国。久，长久。余，我，指楚国。

⑧ “何环”以下两句：今从洪兴祖、朱熹校语作“何环闾穿社，以及丘陵？是淫是荡，爰出子文？”环，围，环绕。闾，乡里。穿，穿过。社，古代地方基层行政单位，即里社、村落。及，到，至。丘、陵，皆指土山丘。是，指代“闾社丘陵”，“是淫是荡”，即“淫荡于是”。爰，于是，由此。出，生出。子文：春秋时期楚国令尹，楚成王时人，以贤明著称。据《左传·宣公四年》记载，其父伯比居郧国时，与郧国国君之女私通，遂生子文。此处即指此事。

⑨ 堵敖：名熊胜，楚文王之子。

⑩ 试上：试，一作“诫”。自予：自许。予，一作“与”。

【译文】

夕阳西下，雷鸣电闪，想要归去又有何忧愁？国家的尊严不复存在，向上帝祈求又有何用？我隐藏在洞穴之中，又有什么事情要说出来？楚国的勋旧以身殉国，这样国运又如何能长久？如果君王能够改过自新，我又有什么话好说？吴王阖闾与楚国相争，长时间以来一直战胜我们。楚国令尹子文的父母穿过村子到达山丘，做出苟且的事情，又怎么会生出贤明的儿子？我对堵敖说楚国将要衰亡，不会长久。我如何敢自许告诫君王，让自己的忠直之名彰显后世？

九　章

【题解】

所谓“九章”，是屈原创作的《惜诵》《涉江》《哀郢》《抽思》《怀沙》《思美人》《惜往日》《橘颂》《悲回风》（依今本王逸《楚辞章句》所排次序）这九篇楚辞作品的总称。

这九篇作品并非创作于一时一地，在早期也是以单篇形式流传的。《九章》这个总题是后人在编辑、整理屈原作品时加上的。

何为“九章”？学界一般认为“九”是实指，就是指其包含的九篇楚辞作品，这与《九歌》《九辩》并不相同；关于“章”的意义，《说文·音部》解释其本义云：“章，乐竟为一章。从音，从十。十，数之终也。”也就是指完整的一首乐曲，也可指乐曲的一个组成部分，后来引申为诗或文的一篇。所以，“九章”意就是九篇文章之意。

关于《九章》创作的时间和地点，学界的观点大致可以分为两种。

第一种观点认为《九章》中的所有作品都是创作于楚顷襄王时，屈原被流放于江南之时。最早提出这一观点的是班固，后来的学者王逸、洪兴祖、王夫之、刘梦鹏、汤炳正均同意此说。另外一种观点认为《九章》中的各篇作品并非创作于一时一地。

综合各家说法，目前看来较为稳妥的创作次序应当是：《惜诵》最早，当与《离骚》同时；其次是谪居汉北时创作的《抽思》《思美人》；再次是创作于顷襄王时期被放流到江南时的作品《涉江》《哀郢》；最后是屈原沉江之前的作品《悲回风》《怀沙》和《惜往日》。除此之外，《橘颂》的创作时间不确定，可能是屈原早年的作品。

惜诵

惜诵以致愍兮[①]，发愤以抒情。所作忠而言之兮[②]，指苍天以为正[③]。令五帝以枏中兮[④]，戒六神与向服[⑤]。俾山川以备御兮[⑥]，命咎繇使听直[⑦]。

【注释】

① 愍(mǐn)：愁苦，哀伤。

② 所作：当作"所非"，如果不是的意思。

③ 正：通"证"，作证。

④ 五帝：上古神话中的五位帝王。东方为太皞，南方为炎帝，西方为少昊，北方为颛顼，中央为黄帝。枏(xī)中：做出公正的判断。枏，同"析"，分判、明辨之意。

⑤ 六神：六宗之神，古代传说中的六位神祇，说法不一：一说指四时、寒暑、日、月、星和水旱之神。二说指星、辰、风伯、雨师、司中、司命。三说指日、月、星辰、太山、河、海。向服：对质其事。向，对。服：事。

⑥ 俾(bǐ)：使。山川：这里指山川之神。备御：即准备侍御之人，即陪审。御，侍御。

⑦ 咎繇(gāo yáo)：即"皋陶"，舜之贤臣，相传执掌刑狱法律。听直：听审是非曲直，明辨是非。

【译文】

哀痛地进谏以表达我内心的忧伤啊，发泄愤懑来抒发愁苦的心情。如果我所说并非忠言啊，那么就手指苍天，让他替我作证。令五帝来做出公正的评判啊，向着六宗之神对质其事。使山川之神来做陪审啊，命皋陶把是非明辨。

竭忠诚以事君兮，反离群而赘肬[①]。忘儇媚以背众兮[②]，待明君其知之。言与行其可迹兮，情与貌其不变。故相臣莫若君兮[③]，所以证之不远。吾谊先君而后身兮[④]，羌众人之所仇[⑤]。专惟君而无他兮[⑥]，又众兆之所雠[⑦]。壹心而不豫兮，羌不可保也。疾亲君而无他兮[⑧]，有招祸之道也。

【注释】

① 离群：脱离集体，被众人排斥。赘肬（zhuì yóu）：身体多余的肉瘤。此指多余，累赘。

② 儇（xuān）：聪明而狡猾。

③ 相（xiàng）：仔细察看。

④ 谊：即"宜""义"，这里是"应当"的意思。洪兴祖《楚辞补注》云："谊，与义同。人臣之义，当先君而后己。"

⑤ 羌：楚地方言，句首发语词。

⑥ 惟：思，思念。

⑦ 兆：众人。雠（chóu）：交怨，怨恨。

⑧ 疾：急切。

【译文】

我竭尽忠诚侍奉着君王啊，反而却为众所不容被排斥而成为肉瘤一样的多余。不愿谄媚而违背了众人的意愿啊，只等待有圣明的贤德之君了解我的心意。出口为言，所履为迹，言行一定有据可寻，内在的情怀与外在的容貌不会改变。所以考察臣子，没有谁比君王更清楚啊，所以，来证明我的忠心并不需要远求。我应该先顾及君王后顾及自身啊，但却成为众人所怨恨的对象。一心为君王着想而没有他念啊，又招来怨恨，成为众人的仇敌。我一心忠于君王从不犹豫啊，竟然连自身都难以保全。急切地亲近君王不做他想啊，竟然成为招致祸端的根源。

思君其莫我忠兮，忽忘身之贱贫[①]。事君而不贰兮，迷不知宠之门[②]。忠何罪以遇罚兮，亦非余心之所志[③]。行不群以巅越兮[④]，又众兆之所咍[⑤]。纷逢尤以离谤兮[⑥]，謇不可释[⑦]。情沉抑而不达兮[⑧]，又蔽而莫之白。心郁邑余侘傺兮[⑨]，又莫察余之中情[⑩]。固烦言不可结诒兮[⑪]，愿陈志而无路。退静默而莫余知兮，进号呼又莫吾闻。申侘傺之烦惑兮[⑫]，中闷瞀之忳忳[⑬]。

【注释】

① 忽：忽略。贱贫：这里是指被疏之后失去高官厚禄的情况。

② 迷：迷惑。宠之门：得到君王宠幸的途径、门路。

③ 志：知，意料，知道。

④ 不群：不合群，与众不同。巅越：陨落。巅，陨。越，坠。

⑤ 咍（hāi）：笑，嗤笑，楚地方言。

⑥ 逢尤：遭到责怪。尤，罪过。离谤：遭到诽谤。离，遭遇，遭到。

⑦ 謇（jiǎn）：楚地方言，句首发语词。释：解释，说明。

⑧ 沉抑：心情沉闷、压抑的样子。

⑨ 郁邑：忧愁苦闷的样子。侘傺（chà chì）：失意而神情恍惚的样子。

⑩ 中情：内心忠君报国之情。

⑪ 烦言：杂乱无序的话。诒（yí）：给，赠送。

⑫ 申：重复再三。烦惑：烦闷惑乱；烦躁疑惑。

⑬ 闷瞀（mào）：心烦意乱的样子。闷，烦闷。瞀，迷乱。忳忳（tún）：忧愁的样子。

【译文】

替君王思虑没有谁比我更忠贞啊，忘记了自己的贫贱。侍奉君王忠心不二啊，却迷惑不知道获得宠幸的方法。忠诚又有何罪过以至于遭到责罚啊，这并非是我所能够弄清楚的。行为与众不同而在政治上跌落了下来啊，又被众人所嘲笑。乱纷纷我多次遭到罪责遇到毁谤啊，却没有办法解释清楚。心情沉闷压抑无法表达啊，君王又被蒙蔽，我无处表白。忧郁愁闷惆怅失意啊，又没有人能够理解我的忠贞之情。杂乱冗多的话语本来就无法总结作为赠言啊，想要陈述我内心的情志却没有任何途径。退一步沉默便无人能了解我啊，进一步大声呼喊又无人肯倾听。反复多次的惆怅失意，烦乱迷惑啊，心中仍然苦闷，忧心忡忡。

昔余梦登天兮，魂中道而无杭①。吾使厉神占之兮②，曰有志极而无旁③。终危独以离异兮④，曰君可思而不可恃⑤。故众口其铄金兮⑥，初若是而逢殆⑦。惩于羹者而吹韲兮⑧，何不变此志也？欲释阶而登天兮，犹有曩之态也⑨。众骇遽以离心兮⑩，又何以为此伴也⑪？同极而异路兮，又何以为此援也？晋申生之孝子兮⑫，父信谗而不好⑬。行婞直而不豫兮⑭，鲧功用而不就⑮。

【注释】

① 中道：中途。杭：通“航”，渡过。

② 厉神：大神。这里指附在占梦者身上的神。

③ 曰：这里是厉神占卜后告诉屈原的话。志极：心志很高的理想追求。旁：辅助。

④ 危独：处境危险且孤独。离异：因与他人想法不同而分离。

⑤ 曰君可思而不可恃：此句到“鲧功用而不就”是厉神奉劝屈原的话。

⑥ 铄（shuò）：熔化之意。

⑦ 初若是：如果当初像这样。初，当初。若是，像这样。殆（dài）：危险。

⑧ 羹：用肉和菜调和五味做成的带汁的食物。韲（jī）：一种被切得很细的酱菜。

⑨ 曩（nǎng）：从前。

⑩ 骇遽（jù）：惊慌。离心：这里指心志不一。

⑪ 伴：同伴，伴侣。

⑫ 申生：春秋时晋献公太子，以孝闻名。献公宠爱骊姬，听信骊姬谗言，追捕申生，于是申生被逼自杀而亡。

⑬ 好(hào):喜欢,喜爱。

⑭ 婞(xìng)直:倔强,刚直。豫:毫不犹豫,从容不迫。

⑮ 鲧(gǔn):传说是夏禹的父亲,后因治水无功,被舜所杀。

【译文】

从前我梦见自己登上高高的天庭啊,魂魄走到中途却无船可渡。我让厉神卜上一卦啊,他说:"你志向远大,却没有辅助之人。""难道我最终会陷入危险之地,与众人不一样吗?"他说:"君王可以思慕,却不可以依靠。所以众口一词便能熔化金子啊,当初你就像这样依靠君王却因此遭遇了危险。被热的羹烫过之后,见到凉菜也要吹一吹啊,为何不改变这高远的志向?想要舍弃梯子而去登天啊,你还是以前的样子。众人对你的行为惊惶畏惧,跟你格格不入啊,又怎能成为你的同伴?与众人同样侍奉一君却追求不同啊,又怎能让他们相助?像晋国申生那样的孝子啊,父亲也会听信谗言而不喜欢他。行为倔强刚直,办事毫不犹豫啊,鲧治水的功业因此没有完成。"

吾闻作忠以造怨兮,忽谓之过言[①]。九折臂而成医兮[②],吾至今而知其信然。矰弋机而在上兮[③],罻罗张而在下[④]。设张辟以娱君兮[⑤],愿侧身而无所[⑥]。欲儃佪以干傺兮[⑦],恐重患而离尤[⑧]。欲高飞而远集兮,君罔谓汝何之[⑨]。欲横奔而失路兮[⑩],坚志而不忍。背膺牉以交痛兮[⑪],心郁结而纡轸[⑫]。梼木兰以矫蕙兮[⑬],糳申椒以为粮[⑭]。播江离与滋菊兮[⑮],愿春日以为糗芳[⑯]。恐情质之不信兮,故重著以自明[⑰]。矫兹媚以私处兮[⑱],愿曾思而远身[⑲]。

【注释】

① 忽:忽略。过言:过分夸大、过于激切的言论。

② 九折臂而成医:胳膊多次折断,也就成了良医,所谓久病成医之意。九,虚指,多次的意思。

③ 矰弋(zēng yì):系有生丝绳用以射飞鸟的短箭。机:发射的机关。

④ 罻(wèi)罗：捕鸟的网。罻，捕鸟的小网。

⑤ 张辟：捕猎鸟兽的工具。还有一种说法为弓弩。

⑥ 愿侧身而无所：想要躲藏起来却没有地方。侧，蛰伏，躲藏。

⑦ 儃(chán)佪：徘徊、迟疑的样子。干傺(gān chì)：寻求机会，寻求际遇。

⑧ 重(chóng)：再次，增加。离：通“罹”，遭遇。尤：罪过。

⑨ 罔(wǎng)：无，莫非。之：动词，往，到……去。

⑩ 横奔而失路：肆意狂奔，从而迷失了方向。

⑪ 膺(yīng)：胸。牉(pàn)：分裂，分开。

⑫ 郁结：忧思烦冤纠结不解的样子。纡(yū)：弯曲，迂回。轸(zhěn)：疼痛。

⑬ 梼(dǎo)：通“捣”，舂，捣碎。木兰：香木名。矫(jiǎo)：糅合。蕙：香草名。

⑭ 糳(zuò)：舂的意思。申椒：香草名。

⑮ 江离：香草名。滋：培植，种。

⑯ 糗(qiǔ)芳：芳香的干粮。糗，干粮。因为干粮是用香草做成的，所以称其为“芳”。

⑰ 重(chóng)：反复再三。著：申说，申述。

⑱ 矫(jiǎo)：举起。娟：美好。

⑲ 曾(céng)：反复。远身：远远地离去。

【译文】

我听说行为忠诚就会招来怨恨啊，心中却忽略此话，认为是言过其实。多次折断胳膊自然会成为良医啊，我到了现在才知道确实是这样。射鸟的短箭准备好对着天上啊，捕鸟的罗网就在地面上设置好。设置好机关来取悦于君王啊，我想要躲起来却无处可藏。想要徘徊等待求得仕进啊，又担心增加罪责而祸患更大。想要远走高飞留在他乡啊，君王又会责问，你还要去哪里？想要肆意狂奔走向错误的方向啊，但又意志坚定不忍心改变自己的志向。脊背和前胸如裂开一般交相疼痛啊，心思郁结而绞痛万分。捣碎木兰以糅合蕙草啊，磨碎申椒作为干粮。栽上江离种上菊花啊，希望春天能把它们做成芳香的干粮。担心内心的情志不被君王所相信啊，所以要反复地陈说表白。标举美德我将遗世独处啊，希望深思熟虑之后抽身而远行。

涉 江

【题解】

《涉江》为顷襄王时期，屈原远放江南时，为记叙征程和抒写怨愤而作。本篇记述了他渡过大江，溯沅水而上达溆浦一带，悠然独处于深山的旅程，也穿插了在行程中及到达目的地后的所思所感。

本篇的特色是用一大段纪行文字，描写了沅水流域的山川景物，如钱钟书《管锥编·楚辞洪兴祖补注一八则·九章(一)写景》所说，"开后世诗文写景法门"。这段文字抓住带有特征性的景物，寥寥数语勾勒，便高度概括地写出深山密林险峻幽邃的景象，而这一景象又恰到好处地映衬烘托了作者寂寞悲怆的心情。这一段文字成为后世山水景物描写及山水诗的滥觞。此外，本篇纪行兼抒情的写法也对后世颇有影响，清人胡文英《屈骚指掌》说："《涉江篇》，由今湖北至湖南途中所作，若后人述征纪行之作也。"汉赋中即颇有类似作品，如刘歆的《遂初赋》、班彪的《北征赋》、蔡邕的《述行赋》等。

余幼好此奇服兮，年既老而不衰①。带长铗之陆离兮②，冠切云之崔嵬③。被明月兮珮宝璐④。世溷浊而莫余知兮⑤，吾方高驰而不顾。驾青虬兮骖白螭⑥，吾与重华游兮瑶之圃⑦。登昆仑兮食玉英⑧，与天地兮同寿，与日月兮同光。哀南夷之莫吾知兮⑨，旦余济乎江湘。

【注释】

① 衰：懈怠，衰减。

② 长铗（jiá）：即长剑，铗，剑柄之意。陆离：宝剑很长的样子。

③ 冠（guàn）：本义指帽子，这里作动词，“戴”。切云：一种帽子的名称，很高。崔嵬（wéi）：形容帽子很高的样子。

④ 被（pī）：披在身上。明月：夜光之珠，有似月光。珮：一作“佩”，佩带之意。璐（lù）：一种玉的名称。

⑤ 溷（hùn）：混乱。

⑥ 虬（qiú）：一种有角的龙，宜于驾乘。骖（cān）：指驾车时在两边的马。这里是指两边的白螭。螭（chī）：神兽，一种无角的龙。

⑦ 重（chóng）华：舜的名字。瑶：石之美者，美玉。圃（pǔ）：这里的“瑶之圃”，是神话传说中天帝所居住的盛产美玉的花园。

⑧ 昆仑：古代神话传说中的西方神山。英：即花。

⑨ 南夷：指屈原被流放的楚国江南一带的土著民族。

【译文】

我自幼便喜欢这身奇特装束啊，进入暮年却仍然不减兴致。我腰间佩带的宝剑瑰丽多彩啊，头戴的切云冠高高耸立。身披明月之珠啊，腰佩美玉。世间混浊无人了解我啊，我正向高处飞驰不再留恋世间。我驾着那青虬啊以白螭为骖，我与帝舜一起游览啊在天帝的瑶圃。登上那昆仑山啊以玉之英为食，和天地啊同样长寿，与日月啊同样光辉灿烂。我哀痛的是这些南方夷族不理解我啊，天明之后我就要渡过湘水。

乘鄂渚而反顾兮[①]，欸秋冬之绪风[②]。步余马兮山皋[③]，邸余车兮方林[④]。乘舲船余上沅兮[⑤]，齐吴榜以击汰[⑥]。船容与而不进兮[⑦]，淹回水而疑滞[⑧]。朝发枉陼兮[⑨]，夕宿辰阳[⑩]。苟余心其端直兮，虽僻远之何伤。

【注释】

① 鄂渚（è zhǔ）：地名，相传在今湖北武昌黄鹤山上游三百步的长江中。在今湖北武昌西。

② 欸（āi）：叹，叹息。绪风：大风。

③ 步：使行走。皋：水边的高地。

④ 邸（dǐ）：使停留。方林：地名。

⑤ 舲（líng）船：有窗户的小船。上：逆流而上。

⑥ 吴榜：船棹。一作"大棹"。汰（tài）：波浪，波涛。

⑦ 容与：犹豫，徘徊不前的样子。

⑧ 淹：停滞，滞留。回水：水受到障碍物、反向流或潮流的影响而上溯或倒流，这里指江中急流形成的漩涡。疑（níng）滞：即"凝滞"，停留不动。

⑨ 枉陼（zhǔ）：地名，今湖南常德一带。

⑩ 辰阳：地名，在今湖南辰溪。

【译文】

登上鄂渚回头看看来时的路啊，长叹秋冬时节的北风凄寒。让我的马儿啊行在山皋，让我的车子啊停靠在方林。乘坐着小船我上溯沅水啊，一起划动着船桨劈开浪波。船儿徘徊不前啊，在急流漩涡中停滞。清晨从枉陼出发啊，晚上就停宿在辰阳。只要我的内心是正直无私啊，即使是再偏僻遥远又有何感伤？

入溆浦余儃佪兮①，迷不知吾所如。深林杳以冥冥兮②，猨狖之所居③。山峻高以蔽日兮，下幽晦以多雨。霰雪纷其无垠兮④，云霏霏而承宇⑤。哀吾生之无乐兮，幽独处乎山中。吾不能变心而从俗兮，固将愁苦而终穷。

【注释】

① 溆（xù）浦：地名，在今湖南溆浦一带。还有一说为溆水之滨的意

思。儃（chán）佪：徘徊的样子。

② 杳（yǎo）以冥冥：幽深而晦暗。杳，幽暗之意。冥冥，幽昧、晦暗。

③ 猨（yuán）：一种猕猴。狖（yòu）：一种猿，长尾。

④ 霰（xiàn）：雪粒，小雪珠。垠（yín）：界限，边际。

⑤ 霏霏（fēi）：云盛多，浓密的样子。承宇：指云气很盛而与屋檐相接。宇，屋檐。

【译文】

进入溆浦我徘徊不前啊，心中迷惑不知要去向何方。树林幽深而晦暗啊，这是猿猴栖居的地方。山峰高大险峻遮住了太阳啊，山下幽深昏暗而又阴雨绵绵。大雪纷飞无边无垠啊，浓云密布遮天与屋檐相连。哀痛我这一生没有快乐啊，孤苦寂寞地独自居住在山间。我不能改变自己的内心而从于流俗啊，本来就会愁苦而困穷终生。

接舆髡首兮①，桑扈臝行②。忠不必用兮，贤不必以③。伍子逢殃兮④，比干菹醢⑤。与前世而皆然兮，吾又何怨乎今之人！余将董道而不豫兮⑥，固将重昏而终身！

【注释】

① 接舆：春秋时楚国的隐士，佯狂避世。髡（kūn）首：剃发。

② 桑扈（hù）：即桑伯子，古代隐士。春秋时期鲁人。臝（luǒ）行：裸体而行。臝，一作“裸”。

③ 以：用。

④ 伍子：即伍子胥，春秋时吴国的贤臣，辅佐吴王阖闾打败楚国。后在夫差时期，遭伯嚭陷害，被逼自杀而亡。

⑤ 比干：商纣王时期的贤臣，后被纣王剖心致死。菹醢（zū hǎi）：指被剁成肉酱。

⑥ 董道：坚守正道。豫：犹豫。

【译文】

接舆剃发佯狂避世啊，桑扈裸体而行。忠臣不一定被君王所任用啊，贤者未必能够受到重用。伍子胥身遭祸殃啊，比干惨遭酷刑被剁成肉酱。以前的时代都是如此啊，我又何必怨恨如今的人！我将坚守正道而不再犹豫啊，哪怕是在这重重昏暗中度过一生！

乱曰[①]：鸾鸟凤皇[②]，日以远兮。燕雀乌鹊[③]，巢堂坛兮[④]。露申辛夷[⑤]，死林薄兮[⑥]。腥臊并御[⑦]，芳不得薄兮[⑧]。阴阳易位[⑨]，时不当兮。怀信侘傺[⑩]，忽乎吾将行兮！

【注释】

① 乱：乐曲的尾声部分叫乱。古代指诗文结尾处总结概括全篇要旨的一段文字。

② 鸾（luán）鸟凤皇：祥瑞之鸟，比喻贤才。

③ 燕雀乌鹊：在这里比喻奸佞的小人。

④ 巢：筑巢的意思。堂：这里指朝堂、庙堂。坛：用土筑起的高台，祭坛。

⑤ 露申、辛夷：都是香草。

⑥ 林薄（bó）：交错丛生的草木。

⑦ 腥臊：恶臭秽浊的气味，这里比喻奸邪小人。御：进用。

⑧ 薄：接近。

⑨ 阴阳易位：这里比喻当时楚国社会忠奸不辨，是非不分，黑白颠倒的现实。

⑩ 怀信：怀有忠信之心。侘傺（chà chì）：失意而神情恍惚的样子。

【译文】

乱辞唱道：鸾鸟凤凰这些祥瑞之鸟，离得越来越远啊，而燕雀乌鹊这些凡鸟，却在庙堂之上筑巢安居。露申辛夷这些香草，在杂草丛生的树林中干枯而死啊。腥臊恶臭都能取用啊，香草却无法靠近。这真是黑白颠倒的社会，慨叹我生不逢时啊。怀有忠信之心却惆怅失意啊，还是忘了这片土地，远行他乡吧！

哀郢

【题解】

郢是楚国都城的名称，地在今湖北江陵纪南城。《说文·邑部》："郢，故楚都，在南郡江陵北十里。"《汉书·地理志》："江陵，故楚郢都，楚文王自丹阳徙此。""哀郢"即对郢都的思念与哀痛。

在本篇中屈原记叙了其离开郢都后东行至陵阳这一路上的行程，抒发了其对宗国、对郢都的刻骨思念之情。

皇天之不纯命兮①，何百姓之震愆②？民离散而相失兮③，方仲春而东迁④。去故乡而就远兮，遵江夏以流亡⑤。出国门而轸怀兮⑥，甲之鼂吾以行⑦。

【注释】

① 皇天：天及天神的尊称。皇，美大。

② 百姓：百官贵族的统称。震愆（qiān）：震惊，惶恐。

③ 民：普通的民众。即现在所说的"百姓"。

④ 仲春：春季的第二个月，即农历二月。

⑤ 遵：循着，沿着。江夏：长江和夏水。

⑥ 国：国都、京城。轸（zhěn）怀：痛念。

⑦ 甲：甲日。旧历每旬的第一天。鼂：（zhāo）：通"朝"，早上，清晨。

【译文】

上天不纯而反复无常啊，为何让百官贵族们惊恐而承担罪过？百姓们流离失所，亲人失散啊，正是仲春二月就要向东逃离。离开故土，去向陌生的远方啊，沿着长江夏水而终日流亡。走出了郢都的城门便痛切地思念着故国啊，甲日的清晨我开始了流亡之路。

发郢都而去闾兮[1]，荒忽其焉极[2]？楫齐扬以容与兮[3]，哀见君而不再得。望长楸而太息兮[4]，涕淫淫其若霰[5]。过夏首而西浮兮[6]，顾龙门而不见[7]。心婵媛而伤怀兮[8]，眇不知其所蹠[9]。顺风波以从流兮，焉洋洋而为客[10]。凌阳侯之氾滥兮[11]，忽翱翔之焉薄[12]。心絓结而不解兮[13]，思蹇产而不释[14]。将运舟而下浮兮[15]，上洞庭而下江[16]。去终古之所居兮[17]，今逍遥而来东[18]。羌灵魂之欲归兮[19]，何须臾而忘反[20]。背夏浦而西思兮[21]，哀故都之日远。登大坟以远望兮[22]，聊以舒吾忧心。哀州土之平乐兮[23]，悲江介之遗风[24]。当陵阳之焉至兮[25]，淼南渡之焉如[26]？曾不知夏之为丘兮[27]，孰两东门之可芜[28]？

【注释】

① 闾（lǘ）：本义指里巷的大门，也可用来指人们聚居的地方。这里是屈原居住的地方。

② 荒忽：遥远的样子。

③ 楫（jí）：船桨。容与：犹豫不进的样子。

④ 长楸（qiū）：高大的梓树。太息：长长地叹息。

⑤ 淫淫：这里指泪流不止。霰（xiàn）：雪珠。

⑥ 夏首：夏水口，即夏水流入长江的地方。西浮：向西面顺水漂流。

⑦ 龙门：郢都的东城门称为“龙门”。

⑧ 婵媛：情思萦牵，眷恋之意。

⑨ 眇（miǎo）：远。蹠（zhí）：踩，踏。

⑩ 焉：乃，于是。洋洋：无所归，漂泊不定的样子。

⑪ 凌：乘。阳侯：古代传说中的波涛之神，这里指代波浪。氾滥：这里形容波涛掀起的样子。

⑫ 忽：很快地。薄：止，停。

⑬ 絓(guà)结：心中郁结。

⑭ 蹇(jiǎn)产：形容情思郁结不顺畅的样子。

⑮ 下浮：顺江向下游漂流。

⑯ 上洞庭而下江：这里是指船沿江行至洞庭湖汇入长江之处时的情形，如果向南则逆流而上驶入洞庭湖，如果向东则沿长江顺流而下。

⑰ 终古之所居：这是楚国祖祖辈辈自古以来居住的地方，即郢都。

⑱ 逍遥：漂流之意。

⑲ 羌：句首发语词，楚地方言。

⑳ 须臾(yú)：一会儿，片刻。

㉑ 夏浦：夏口。西思：思念西方的郢都。

㉒ 坟：水中的高地。

㉓ 州土：国土，这里指荆楚大地。平乐：土地辽阔富饶，人民安居乐业。

㉔ 介：界。一说是边的意思。遗风：楚国先人遗传或遗留下来的风教。

㉕ 当：到达。陵阳：地名，在今安徽青阳南。

㉖ 淼(miǎo)：江水茫茫无边的样子。南渡：向南渡过江河而登岸。

㉗ 夏：通"厦"，高大的房屋。丘：丘墟。

㉘ 两东门：郢都东关的两个门。

【译文】

从郢都出发离开了居住的故土啊，遥远无边，哪里是尽头？一齐划动船桨，却徘徊不前啊，悲伤的是不能再侍奉君王。望着故国高高的楸树我长声叹息啊，眼泪肆虐，如同散落的雪珠。过了夏浦我的小船又向东漂荡啊，回头望望那郢都的龙门却已经难觅踪影。心里牵念不舍而充满哀伤啊，前路渺茫，不知将在何方落脚？顺风而行，随波而去啊，无家可归，四处漂泊流浪，成为异客。乘着水神阳侯掀起的巨浪啊，翱翔于天却不知在何处停止？心情郁结难以解开啊，思绪繁乱无法释怀。我将要驾船顺流而下啊，逆流而上是浩渺的洞庭湖，顺流而下是长江。离开先人们世世代代居住的土地啊，如今却漂泊流落到了东方。我的灵魂想要回到故乡啊，何尝有片刻忘记归途？离开夏口思念着郢都啊，哀伤故乡一天天地远去。登上高高的沙洲极目远望啊，姑且舒泄我的忧思。我哀伤的是荆楚大地曾经多么富饶安乐啊，悲痛的是故俗的遗风如今已经不存。抵达陵阳后船又该去向哪里啊，向南渡过浩渺的长江后又将去向何处？人们不知道高大的楚宫楼台已经成为丘墟啊，谁又能知道郢都东关的两门已经化为荒芜？

心不怡之长久兮，忧与愁其相接。惟郢路之辽远兮，江与夏之不可涉。忽若不信兮①，至今九年而不复。惨郁郁而不通兮②，蹇侘傺而含戚③。外承欢之汋约兮④，谌荏弱而难持⑤。忠湛湛而愿进兮⑥，妒被离而鄣之⑦。尧舜之抗行兮⑧，瞭杳杳而薄天⑨。众谗人之嫉妒兮，被以不慈之伪名⑩。憎愠惀之修美兮⑪，好夫人之忼慨⑫。众踥蹀而日进兮⑬，美超远而逾迈⑭。

【注释】

① 忽：恍惚的意思。不信：当作“去不信”。去，离开之意。信，信任。

② 惨：忧愁。郁郁：形容抑郁不畅的样子。不通：这里形容心情郁结不通，不畅的样子。

③ 蹇（jiǎn）：句首发语词。侘傺（chà chì）：失意而神情恍惚的样子。

④ 汋（chuò）约：绰约，姿态柔媚的样子，这里比喻小人谄媚。

⑤ 谌（chén）：诚然，的确。荏（rěn）：柔，软弱。

⑥ 湛湛（zhàn）：深厚，浓重的样子。

⑦ 被离：分散的样子。鄣：通“障”。阻塞，阻隔。

⑧ 抗：高尚，伟大。

⑨ 瞭：远望，从高处望。杳杳（yǎo）：幽远的样子。薄：靠近。

⑩ 被（pī）：同“披”。不慈：不爱自己的儿子。伪名：恶名，指与事实不符的名声。

⑪ 愠惀(yùn lǔn):内心有所蕴积而不善于表达,在这里当是指内心有忠诚有见识。

⑫ 夫(fú)人:那些人,指谗佞小人。忼(kāng)慨:即"慷慨",情绪激昂奋发。

⑬ 众:这里指表面上故作慷慨的奸邪小人。踥蹀(qiè dié):奔走,小步趋进的样子,引申为奔走钻营。

⑭ 美:形容君子忠贤。超:远。逾:跃进。迈:远。

【译文】

我的心中长久地不愉快啊,忧和愁接连不断。想到回到郢都的路是那么遥远啊,江水和夏水已经不可能再渡过。忽然之间被放逐不被信任啊,到如今已经有九年还没有重返朝廷。心中的忧愁郁结啊,失意惆怅,内心满含凄楚。奸佞小人们表面上奉承君王,一副妖媚之态啊,而实际上内心却十分软弱,难以承担辅国之任。贤能之人忠心耿耿愿有所作为啊,却被谗妒小人从中阻碍。尧舜有着美好而高尚的德行啊,目光高远直逼苍穹。众多的谗佞小人心怀嫉恨啊,却给他们加上不慈爱的虚假恶名。君王嫌恶正直而忠诚的贤德君子啊,喜欢那故作慷慨姿态的虚伪小人。众多奸佞小人奔走钻营亲近君王啊,忠臣贤士却被流放得越来越远。

乱曰:曼余目以流观兮①,冀壹反之何时?鸟飞反故乡兮②,狐死必首丘。信非吾罪而弃逐兮,何日夜而忘之?

【注释】

① 曼:引,长,这里指放远目光。流观:周游观览。

② "鸟飞"以下两句:鸟儿飞得即使再远,也会返回故乡;狐狸死的时候,头一定要朝向它所出生的地方。这里比喻对故国深深的思念之情。

【译文】

乱辞唱道:放开我的目光而环顾四周啊,希望有一天能返回故乡,但是是什么时候呢？鸟儿飞得再远终究要返回故林啊，狐狸死时头一定朝着故乡的山丘。确实不是因为我有罪过啊而被流放，我何尝有一日一夜而把故乡忘怀？

抽 思

【题解】

“抽思”取自少歌部分首句“与美人之抽思兮”中的二字。蒋骥《山带阁注楚辞》以为：“抽，拔也。抽思，犹言剖露其心思，即指上陈之耿著言。”即剖陈心迹、将心中郁结的情思抒发出来的意思。

《抽思》表达屈原被怀王疏远而蛰居汉北时，仍忧心国事，思念郢都，意欲回归的拳拳之情，以及心系怀王，而心境无由上达的愁苦。

本篇的特色首先在于独特的篇章结构：除“乱曰”外，又有“少歌曰”“倡曰”。跟“乱曰”一样，它们本来也是音乐组织形式的术语，这里则用来表示文章的篇章结构。由此构成本篇的二元结构，即“倡曰”之前部分与“倡曰”之后部分。之前部分以“少歌”作小结，倡辞则自成一段，最后以“乱辞”总结。

本篇的另一特色是出色的心理刻画，尤其是“倡辞”中“望孟夏之短夜兮”到“魂识路之营营”一段的离魂、魂游描写。作者以梦境中灵魂出窍，回返郢都的瑰奇想象，抒发了自己对于宗国、故乡的强烈怀念与刻骨依恋。这种魂游描写影响后人颇深。沈约《别范安成诗》“梦中不识路，何以慰相思”，杜甫《梦李白》二首之一“恐非平生魂，路远不可测。魂来枫林青，魂返关塞黑”，都可以看到其影子。

心郁郁之忧思兮①，独永叹乎增伤。思蹇产之不释兮②，曼遭夜之方长。悲秋风之动容兮③，何回极之浮浮④。数惟荪之多怒兮⑤，伤余心之忧忧。愿摇起而横奔兮⑥，览民尤以自镇。结微情以陈词兮，矫以遗夫美人⑦。

【注释】

① 郁郁：忧伤沉闷的样子。

② 謇（jiǎn）产：形容思绪郁结，不顺畅。

③ 动容：动摇。

④ 回极：天极回旋的枢轴。浮浮：动荡不定的样子。

⑤ 数（shuò）：多次，屡次。惟：思。荪：香草，这里代指楚君。

⑥ 摇起：迅速地起身。横奔：不顾一切地奔跑。

⑦ 矫：举起。美人：这里指代楚怀王。

【译文】

内心抑郁，忧伤烦闷啊，我独自长叹只是徒增感伤。愁思郁结不能排解啊，忧不能眠，偏又遭遇这漫漫长夜。我悲叹秋风吹起，草木因之而动摇啊，为什么竟能够使回旋的天极也变动不定？有许多次想起君王屡屡动怒啊，让我的内心感到痛苦而忧伤。我愿跃起狂奔啊，看到平民百姓也动辄获罪于是又镇静下来。整理好幽隐的情思来陈词啊，举与君王来表白自己的心意。

昔君与我诚言兮①，曰黄昏以为期②。羌中道而回畔兮③，反既有此他志。憍吾以其美好兮④，览余以其修姱⑤。与余言而不信兮⑥，盖为余而造怒⑦。愿承间而自察兮⑧，心震悼而不敢⑨。悲夷犹而冀进兮⑩，心怛伤之憺憺⑪。

【注释】

① 诚言："诚"当写作"成"。成言即订言，订约。

② 黄昏：古代婚俗，在黄昏时举行婚礼。这里用男女之间的关系来比喻君臣的关系。

③ 羌：句首发语词，楚地方言。回畔：反背。谓走回头路。

④ 憍（jiāo）：同"骄"，矜持。

⑤ 览：显示自己。修姱（kuā）：洁美，美好。

⑥ 不信：不讲信用。

⑦ 盖（hé）：通“盍”。何，为什么。造怒：发怒，生气。

⑧ 间：同“闲”，机会。自察：自我表白之意。

⑨ 震悼：惊愕悲悼。

⑩ 夷犹：犹豫，迟疑不前。进：进言。

⑪ 怛（dá）：忧伤，悲苦。憺憺（dàn）：忧伤不安而心情恐惧的样子。

【译文】

昔日君王与我曾经约定啊，在黄昏时相会。但途中他又改变了主意而折返啊，反悔又有了其他的打算。向我夸耀他的美好啊，向我显示他的才能。与我说好的话都不讲信用啊，为何还对我怒气冲冲？我希望找到机会来表明自己的心迹啊，心里又惊惧而又不敢。我悲叹犹豫希望能够向上进言啊，心中忧伤而又恐惧。

兹历情以陈辞兮①，荪详聋而不闻②。固切人之不媚兮③，众果以我为患④。初吾所陈之耿著兮⑤，岂至今其庸亡⑥？何毒药之謇謇兮⑦，愿荪美之可完⑧。望三五以为像兮⑨，指彭咸以为仪⑩。夫何极而不至兮，故远闻而难亏⑪。善不由外来兮，名不可以虚作。孰无施而有报兮，孰不实而有获？

【注释】

① 兹历：应作“历兹”。历，历数，列举。兹，此，这。

② 详（yáng）：通“佯”，佯装，假装。

③ 切（qiè）：正直，诚恳。媚：谄媚。

④ 众：这里指谄媚君王的谗佞小人们。

⑤ 耿著：光明，清楚。

⑥ 庸：竟然，乃。亡：通“忘”。

⑦ 何毒药之謇謇兮：当作“何独乐斯之謇謇兮”。謇謇，形容忠贞

正直。

⑧ 完：一作“光”，发扬光大之意。

⑨ 三五：一说指三皇五帝，一说指三王五霸。

⑩ 彭咸：传说为殷时贤人。仪：典范，法式。

⑪ 闻：名声。亏：缺失，亏减。

【译文】

列举我的忠贞之情啊来陈说，君王却假装耳聋听不见。本来忠诚正直的人就不会谄媚啊，众小人却把我当成祸患。当初我所说的话光明正大清清楚楚啊，难道如今全都忘记？为何总是这样喜欢忠贞直言啊，希望君王能够把美好的品德发扬光大。希望以三王五霸为榜样啊，以圣贤彭咸为楷模。假若如此，还有什么目标不能达到啊，声名远扬将会永远流芳。美好的品德不会自外产生啊，名声不会伪装。谁能不施舍便可以有回报啊，谁能不播种就可以有收获？

少歌曰[①]：与美人抽怨兮[②]，并日夜而无正[③]。憍吾以其美好兮[④]，敖朕辞而不听[⑤]。

【注释】

① 少歌：即“小歌”，是古代乐歌结构的组成部分，是对前一部分内容的小结。

② 怨：朱熹的《楚辞集注》本写作“思”。

③ 并日夜：日夜不分，日夜如一。并，合并。无正：无人评断是非。

④ 憍(jiāo)：通“骄”，骄傲。

⑤ 敖(ào)：通“傲”，傲慢。

【译文】

少歌唱道：向君王陈说心中的愁怨啊，日日夜夜却无人能够评判是非。向我夸耀他的美好啊，傲慢地无视我的言辞。

倡曰[①]：有鸟自南兮[②]，来集汉北[③]。好姱佳丽兮，牉独处此异域[④]。既茕独而不群兮[⑤]，又无良媒在其侧[⑥]。道卓远而日忘兮[⑦]，愿自申而不得。望北山而流涕兮[⑧]，临流水而太息。望孟夏之短夜兮[⑨]，何晦明之若岁[⑩]！惟郢路之辽远兮，魂一夕而九逝[⑪]。曾不知路之曲直兮，南指月与列星[⑫]。愿径逝而未得兮[⑬]，魂识路之营营[⑭]。何灵魂之信直兮，人之心不与吾心同！理弱而媒不通兮[⑮]，尚不知余之从容[⑯]。

【注释】

① 倡：同"唱"，古代乐歌的一种结构组织形式，目的是启唱发声，造新曲。

② 鸟：屈原自喻。南：这里指楚都郢。

③ 汉北：汉水以北，当时屈原所迁之地。

④ 牉(pàn)：分开，分离。异域：这里指屈原在汉北的迁所。

⑤ 茕(qióng)：孤独，独自。

⑥ 良媒：好的媒人，这里指能够怀王跟前帮助屈原沟通的人。

⑦ 卓：同"逴(chuō)"，遥远。日忘：这里指被怀王一天天地忘记。

⑧ 北山：当是郢都附近的山。

⑨ 孟夏：夏季的第一个月，阴历四月。

⑩ 晦明之若岁：从黑夜至白昼如同一年，形容度日如年。晦，黑夜。明，白昼。

⑪ 一夕而九逝：指诗人的灵魂一夜之内多次前往郢都。夕，夜。逝，离去，往。

⑫ 南指月与列星：这里是说在从汉北向南去往郢都的路上，依靠天上的明月与群星来判断方向。因为郢都在汉北之南，故曰"南指"。

⑬ 径逝：直接取道返回郢都。

⑭ 识(zhì)：分辨，辨认。营营：往来盘旋的样子。

⑮ 理：指媒人。

⑯ 从容：举止行为，行动。

【译文】

倡词唱道：有只鸟儿自南飞来啊，栖息在汉北。容貌悦美，又有才德啊，却离开故乡来到他乡。已经独自一人，离群索居啊，又没有良媒在君王身旁帮助。路途遥远一天天被人遗忘啊，想要自己陈说却又不能。遥望着北山而流泪啊，面对着流水而叹息。初夏的夜晚是短暂的啊，为何到天明如同一年的光阴一样漫长？想起回郢都的路途是多么遥远啊，灵魂一夜之间却能多次前往。不知那道路是多么崎岖不平啊，靠着天上的星星与月亮来指认南去的方向。多么希望直接到达郢都却没有成功啊，只有灵魂来来回回地辨认方向。我的灵魂是多么忠诚正直啊，别人的心思却和我不一样！软弱的媒人不能与君王沟通啊，还有谁知道我的言行举止。

乱曰：长濑湍流[①]，泝江潭兮[②]。狂顾南行[③]，聊以娱心兮。轸石崴嵬[④]，蹇吾愿兮[⑤]。超回志度[⑥]，行隐进兮[⑦]。低佪夷犹，宿北姑兮[⑧]。烦冤瞀容[⑨]，实沛徂兮[⑩]。愁叹苦神[⑪]，灵遥思兮。路远处幽，又无行媒兮。道思作颂[⑫]，聊以自救兮。忧心不遂，斯言谁告兮。

【注释】

① 濑（lài）：沙石滩上的浅水。湍（tuān）：急流的水。

② 泝（sù）：同“溯”，逆流而上。潭：水深为潭。

③ 狂顾：遑急顾盼。南行：向南而行。

④ 轸（zhěn）：通“畛”，田间小路。崴嵬（wēi wéi）：形容石头高低不平。

⑤ 蹇（jiǎn）：语气助词。

⑥ 超回：绕道而行。志度：心怀疑虑，徘徊不前的样子。

⑦ 隐进：慢慢前进。

⑧ 北姑：汉北一带的地名。

⑨ 烦冤：烦躁愤懑的样子。瞀（mào）容：心中烦乱不安。瞀，乱。

⑩ 沛徂（cú）：颠沛奔走。徂，前往。

⑪ 苦神：伤神之意。

⑫ 道：通“导”，表达。颂：指本文。

【译文】

乱辞唱道：长长的沙滩上流水湍急，沿着深潭逆流向上啊。遑急顾盼着向南而行，姑且舒解我的愁苦啊。路途上的石头高低不平，始终坚持我心中的志向啊。绕过险途，缓慢前行啊。犹豫彷徨，停歇在北姑啊。忧愁烦闷，路途实在艰辛啊。悲愁叹息，黯然伤神，灵魂仍在思念着故乡啊。归途遥远，居处幽僻，又没有人为我申辩啊。表达忧思写下这首歌，姑且自我解脱啊。忧愁不得舒解，这些话应该向谁倾诉啊！

怀 沙

【题解】

关于“怀沙”的含义，大致有两种说法。一种说法认为“沙”是“沙石”的意思，所谓“怀沙”意即怀抱沙石而自沉。这种说法在汉至宋间颇为流行。东方朔《七谏·沉江》已有“怀沙砾以自沉兮，不忍见君之蔽壅”的诗句。司马迁《史记·屈原贾生列传》说：“于是怀石，遂自沉汨罗以死。”蔡邕《吊屈原文》曰：“顾抱石其何补？”郭璞《江赋》曰：“悲灵均之任石。”《后汉书·逸民列传》：“与夫委体渊沙，鸣弦揆日者，不其远乎。”李贤注：“谓屈原怀沙砾而自沉也。”洪兴祖《楚辞补注》、朱熹《楚辞集注》等也持这一观点。另一种说法认为“沙”指“长沙”，所谓“怀沙”即怀念长沙。明代汪瑗在《楚辞集解》中认为：“世传屈原自投汨罗而死，汨罗在今长沙府。……怀者，感也。沙指长沙。题《怀沙》云者，犹《哀郢》之类也。”李陈玉《楚辞笺注》、钱澄之《庄屈合诂》也认为“沙”指“长沙”而言，是地名。蒋骥《山带阁注楚辞》则进一步指出：“《怀沙》之名，与《哀郢》《涉江》同义。沙本地名,《遁甲经》:‘沙土之祇,云阳氏之墟。’《路史》纪云阳氏、神农氏,皆宇于沙,即今长沙之地,汨罗所在也。曰怀沙者,盖寓怀其地,欲往而就死焉耳。……长沙为楚东南之会,去郢未远,固与荒徼绝异,且熊绎始封,实在于此,原既放逐,不敢北越大江,而归死先王故居,则亦首邱之意,所以惓惓有怀也。”今人游国恩、姜亮夫、马茂元等也同意“怀沙”为怀念长沙。此说或优于“怀抱沙石”之旧说,但亦未必完全正确。

诗篇一方面重申自己虽然屡受打击挫折,却始终不改高洁的志节;另一方面将批判的矛头指向楚国昏乱颠倒的政治与社会,述说谗佞当道,国君昏愦,“人心不可谓”的深深绝望和将死前的愤激和悲哀。全诗言辞激切,情调哀惨。

滔滔孟夏兮[①],草木莽莽[②]。伤怀永哀兮,汩徂南土[③]。眴兮杳杳[④],孔静幽默[⑤]。郁结纡轸兮[⑥],离慜而长鞠[⑦]。抚情效志兮,冤屈而自抑。

【注释】

① 滔滔:形容夏季暑热之气旺盛。孟夏:指夏季的第一个月,即阴历四月,初夏。

② 莽莽:草木茂盛的样子。

③ 汩(yù):迅疾的样子。徂:往。

④ 眴(xuàn):看的样子。杳杳:昏暗的样子。

⑤ 孔:很,非常。幽:幽深。默:寂静无声息。

⑥ 郁结:心中忧愁烦闷缠结积聚,不得舒泄的样子。纡轸(yū zhěn):形容内心绞痛的样子。

⑦ 慜(mǐn):痛。鞠(jū):穷困之意。

【译文】

和煦温暖的四月初夏啊,草木繁茂郁郁葱葱。心情伤感,止不住地悲哀啊，匆匆地独自一人向南而行。茫然四顾啊一片昏暗幽深，万籁俱寂。心中忧愁烦闷郁结，内心万分痛苦啊，遭受忧患，困苦无边。抚慰内心的悲伤，考量我的志向啊，暗自压抑所受的冤屈。

刓方以为圜兮[①]，常度未替。易初本迪兮[②]，君子所鄙。章画志墨兮[③]，前图未改。内厚质正兮，大人所盛[④]。

【注释】

① 刓（wán）：削，刻。圜（yuán）：通“圆”。

② 本迪：本来的道路。

③ 画：规划，计划。墨：绳墨，这里指代法度。

④ 大人：指君子。另有解释说指地位很高之人和有圣德之人。

【译文】

纵使是削方为圆啊，法度不能因此而改变。改变初志和本来的道路啊，这是君子所鄙视的。彰显正道明确准绳啊，前人所制定的法度不能更改。心地淳正品质方正啊，这是君子所盛赞的。

巧倕不斲兮[①]，孰察其拨正[②]。玄文处幽兮，矇瞍谓之不章[③]。离娄微睇兮[④]，瞽以为无明[⑤]。变白以为黑兮，倒上以为下。凤皇在笯兮[⑥]，鸡鹜翔舞[⑦]。同糅玉石兮[⑧]，一概而相量[⑨]。夫惟党人鄙固兮，羌不知余之所臧[⑩]。任重载盛兮，陷滞而不济。怀瑾握瑜兮[⑪]，穷不知所示。邑犬之群吠兮[⑫]，吠所怪也。非俊疑杰兮[⑬]，固庸态也。文质疏内兮[⑭]，众不知余之异采。材朴委积兮[⑮]，莫知余之所有。

【注释】

① 倕（chuí）：相传为上古尧舜时代的一名巧匠，善作弓、耒、耜等。斲（zhuó）：砍。

②察：知道。拨正：曲直。

③矇瞍（méng sǒu）：目盲之人。

④离娄：传说中视力非常好的人，可以“视于百步之外，见秋毫之末”。睇（dì）：眼睛微睁着看，略看。

⑤瞽（gǔ）：盲人。

⑥笯（nú）：楚地方言，笼子。

⑦鹜（wù）：鸭子。

⑧糅（róu）：相混杂。玉石：这里指代君子和小人。

⑨一概而相量：用一个标准来衡量，比喻善恶不分。概，古代量米粟时刮平斗斛用的木板，引申为标准、尺度。量（liáng）：衡量。

⑩臧：善，善良。

⑪瑾（jǐn）：一种美玉。

⑫邑：城镇，居民聚居的地方。

⑬非俊疑杰：非，毁谤。俊、杰，指才能出众的人。

⑭文质：外表和本质。疏：疏阔，没有太多的繁文缛节。内（nè）：木讷，朴实而不善言辞。

⑮材朴：未经雕饰的木材。委积：聚积。比喻有才能而不能被任用。

【译文】

巧匠们如果不砍不削啊，谁能分辨出曲直？黑色的花纹隐在黑暗的地方啊，盲人也说它不清楚。离娄眯着眼睛看啊，盲人认为他同自己一样没有视力。把白说成黑啊，把上下颠倒。凤凰被关进笼子啊，鸡鸭却到处乱飞。把美玉和石头杂糅在一起啊，用一个标准来衡量它们。那些结党营私之徒如此鄙陋固执啊，怎知我内在的美善。身负重任啊，却陷入泥淖之中无法前行。身怀美玉，手握宝石啊，穷尽一切却不知道向谁展示。城里的狗一起狂吠啊，那是因为它少见多怪。非难俊才，怀疑豪杰啊，这本来就是庸人的常态。外表疏放本性木讷啊，众人哪里知道我出众的才能。栋梁之材被堆积在一旁啊，哪里有人知道我的才能。

重仁袭义兮[①]，谨厚以为丰。重华不可逻兮[②]，孰知余之从容[③]！古固有不并兮[④]，岂知其何故？汤禹久远兮，邈而不可慕[⑤]。

【注释】

① 重（chóng）：重复积累。袭：与“重”同义。

② 逻（è）：遇到。

③ 从容：行动，举止。

④ 不并：指君与贤臣不同生在一个时代。

⑤ 邈（miǎo）：远。慕：思念，向往。

【译文】

积累仁义忠诚正直啊，谨慎敦厚才是丰实。再不能遇到如重华一般的贤圣之君啊，又有谁了解我的忠行义举？自古以来明君贤臣就不能并生啊，怎么能够知道其中的原因？汤禹距我们如此久远啊，远得我们无法表达思慕之意。

惩连改忿兮[①]，抑心而自强。离慜而不迁兮[②]，愿志之有像[③]。进路北次兮，日昧昧其将暮[④]。舒忧娱哀兮[⑤]，限之以大故[⑥]。

【注释】

① 惩：止，停止。连：当从《史记·屈原贾生列传》写作“违”，怨恨之意。

② 慜（mǐn）：同“愍”，灾祸。

③ 像：榜样。

④ 昧昧：昏暗的样子。

⑤ 舒忧娱哀：抒发忧思，忧虑，排遣忧伤。

⑥ 限：期限。大故：死亡。

【译文】

暂且停止心中的怨与怒啊，抑制住自己的心情自我勉励。遭遇祸患而不改初志啊，希望为后人做出榜样。向北出发，途中暂且宿营啊，天色昏暗已经到了黄昏时分。抒发忧思排遣哀伤啊，死亡才是真正的期限。

乱曰：浩浩沅湘，分流汩兮[①]。修路幽蔽，道远忽兮[②]。怀质抱情，独无匹兮。伯乐既没[③]，骥焉程兮[④]。万民之生，各有所错兮[⑤]。定心广志，余何畏惧兮？曾伤爰哀[⑥]，永叹喟兮[⑦]。世溷浊莫吾知，人心不可谓兮。知死不可让，愿勿爱兮。明告君子，吾将以为类兮[⑧]。

【注释】

① 汩（gǔ）：水流很快的样子。

② 忽：邈远，辽远。

③ 伯乐：春秋秦穆公时人，善于识别、挑选马匹。没（mò）：通"殁"，死亡。

④ 骥：良马。程：比较，衡量。

⑤ 错：通"措"，安置。

⑥ 曾：重，增加。爰：于是。

⑦ 喟（kuì）：长叹。

⑧ 类：法则，标准。

【译文】

乱辞唱道：沅湘之水辽远壮阔，河水湍急向前奔流啊。道路幽暗深长，前方的征程苍茫无际啊。内心质朴怀抱着忠情，无人可比啊。伯乐既然已死，千里骏马又该由谁来衡量啊。万民降生，上天各有安排啊。坚定内心，广我志意，还有什么好畏惧啊。屡屡遭受磨难，让我哀伤不止，长久地叹息啊。世间混浊无人能够理解我，人心难测，已无话可说啊。我知道死亡是不可避免的，宁愿不惜生命啊。我郑重地告诉君子们，我将以此作为法则啊。

思美人

思美人兮，擥涕而伫眙[①]。媒绝路阻兮[②]，言不可结而诒[③]。蹇蹇之烦冤兮[④]，陷滞而不发[⑤]。申旦以舒中情兮[⑥]，志沉菀而莫达[⑦]。愿寄言于浮云兮，遇丰隆而不将[⑧]。因归鸟而致辞兮，羌宿高而难当[⑨]。

【注释】

① 擥（lǎn）涕：擦干眼泪。擥，通"揽"。伫眙（zhù chì）：站立凝望；停步观看。

② 媒绝：这里指无人能够成为良媒，与君王沟通。路阻：这里比喻自己和君王之间存在阻碍。

③ 诒（yí）：赠予。

④ 蹇蹇（jiǎn）：形容情绪阻滞、郁结不畅的样子。烦冤：烦躁愤懑的样子。

⑤ 陷滞而不发：指愁苦郁积于内，无法舒泄。

⑥ 申旦：自夜达旦，通宵。中情：内心的情感。

⑦ 沉菀：心思沉郁不畅的样子。

⑧ 丰隆：古代传说中的云神之名。不将：不帮助。

⑨ 羌：句首发语词，楚地方言。宿：指鸟宿高枝。当：遇，遇到。

【译文】

思念心中的美人啊，擦干眼泪长久地伫立。良媒不通，道路阻塞啊，路途多有险阻啊，想说的话郁积心中却不能说。烦闷与愁苦郁积在胸中啊，阻滞在心中难以舒泄。由夜至明我想要抒泄这种郁闷啊，情思郁结无法传达。愿托付浮云传递话儿啊，碰上云神又不肯帮助我。拜托归鸟为我传递消息啊，它又飞到高高的山林中，再难遇到。

高辛之灵盛兮[①]，遭玄鸟而致诒[②]。欲变节以从俗兮，愧易初而屈志。独历年而离愍兮[③]，羌冯心犹未化[④]。宁隐闵而寿考兮[⑤]，何变易之可为！知前辙之不遂兮[⑥]，未改此度。车既覆而马颠兮，蹇独怀此异路[⑦]。勒骐骥而更驾兮[⑧]，造父为我操之[⑨]。迁逡次而勿驱兮[⑩]，聊假日以须时。指嶓冢之西隈兮[⑪]，与纁黄以为期[⑫]。

【注释】

① 高辛：五帝之一，"帝喾"之号。灵盛：善德盛满。

② 玄鸟：燕子。致诒：赠送的礼物。诒，赠，送。

③ 离愍（mǐn）：遭遇忧烦愁苦。

④ 冯（píng）心：愤懑的心情。

⑤ 隐闵：隐忍的忧伤。寿考：年高，终老。

⑥ 前辙：前面的道路。遂：顺利，通达。

⑦ 蹇（jiǎn）：通"謇"，句首发语词。异路：与世俗之人所走的不同的道路。

⑧ 勒：本义是马首上的笼头，这里为驾驭、操纵之意。骐骥：骏马。

⑨ 造父：西周著名御车者，周穆王时人。操：驾车。

⑩ 迁：迁延。逡（qūn）次：逡巡，徘徊不前的样子。

⑪ 嶓冢（bō zhǒng）：山名。隈（wēi）：山边，山崖。

⑫ 纁（xūn）黄：黄昏。

【译文】

高辛氏善德盛满啊，遇上玄鸟帮助他转送礼物。想要改变志节随波逐流啊，又为改变节操委屈心志而感到惭愧。多年来独自一人遭遇忧患啊，满腔的愤懑之意依旧不能化解。宁可隐忍不言直到终老啊，又怎能改变初衷呢？我知道前方的道路艰塞不通啊，却依旧不改变这种原则。车已经倾覆，马已经跌倒啊，我还是选择这条与众不同的道路。勒住骏马，再次套上车驾啊，造父为我驾驭。缓缓行进不要纵马飞奔啊，姑且偷闲等待时机。手指着嶓冢山西边的山崖啊，约定黄昏时分到达那里。

开春发岁兮，白日出之悠悠。吾将荡志而愉乐兮[1]，遵江夏以娱忧[2]。擥大薄之芳茝兮[3]，搴长洲之宿莽[4]。惜吾不及古人兮[5]，吾谁与玩此芳草？解萹薄与杂菜兮[6]，备以为交佩[7]。佩缤纷以缭转兮，遂萎绝而离异。吾且儃佪以娱忧兮[8]，观南人之变态[9]。窃快在中心兮，扬厥凭而不竢[10]。芳与泽其杂糅兮，羌芳华自中出[11]。纷郁郁其远承兮[12]，满内而外扬。情与质信可保兮[13]，羌居蔽而闻章。

【注释】

① 荡志：涤净忧虑，恣逞情怀。荡，放开，放纵。

② 娱忧：排遣忧愁。

③ 擥：折取，摘取。薄：草木丛生为薄。茝（zhǐ）：一种香草，即白芷。

④ 搴：拔取。长洲：水中的长形陆地。宿莽：一种经冬不死的香草。

⑤ 不及古人：不能与古代圣贤同处一个时代。

⑥ 萹（biān）薄：丛生的萹蓄。萹，萹蓄，一年生草本植物，又名萹竹。多生郊野道旁。薄，杂草丛生。

⑦ 交佩：左右佩带。

⑧ 儃（chán）佪：徘徊的样子。

⑨ 南人：郢都以南之人。变态：不是正常的状态。

⑩ 凭：愤懑。竢（sì）：等候，等待。

⑪ 羌：楚地方言，句首发语词。芳华：芬芳的花朵。华，同“花”。自中出：自中而外。

⑫ 纷：疑作“芬”，芳香。郁郁：香气浓盛。远承：香气向远处飘散。“承”一作“烝”。

⑬ 情：指外在的思想，情志。质：内在的特质，即本质。

【译文】

春天来到新的一年开始啊，白日悠悠，时间越来越长。我将恣逞情怀，排遣忧愁啊，沿着长江夏水来排解忧愁。采摘丛林里芬芳的香茝啊，折取州中的宿莽。可惜的是我没能与古代先贤生活在同一个时代啊，如今与谁一起共赏这些芳香的花草？除去丛生的萹蓄杂菜啊，备作的装饰左右佩带。那佩带缤纷繁盛缭绕在周身啊，最终还是枯萎凋零，被抛在一旁。我姑且徘徊游戏以排遣忧愁啊，观察这些南人不正常的情态。私下里内心欣喜啊，排解我的愤懑而不必再有所期待。芳香和污秽混杂在一处啊，花朵的芬芳依旧从中散出。浓郁的香气远播啊，内在充盈就会散发出来。情感与心志真的不可改变啊，虽然居处在闭塞之地，也能闻名于世。

令薜荔以为理兮①，惮举趾而缘木。因芙蓉而为媒兮，惮蹇裳而濡足②。登高吾不说兮③，入下吾不能。固朕形之不服兮，然容与而狐疑④。广遂前画兮⑤，未改此度也。命则处幽⑥，吾将罷兮⑦，愿及白日之未暮⑧。独茕茕而南行兮⑨，思彭咸之故也。

【注释】

① 薜荔：一种香草。理：媒人。

② 蹇（qiān）：通“褰”，提，提起。濡（rú）：弄湿，浸湿。

③ 说：通“悦”，喜欢，喜好。

④ 容与：徘徊犹豫的样子。

⑤ 遂：道路。画：策划，谋划。

⑥ 处幽：居处于幽远的地方，这里指被流放到汉北的荒凉之地。

⑦ 罷：同“罢”，停止，结束。一说通“疲”，指疲劳之意。

⑧ 白日之未暮：太阳还未落，比喻生命还未终结。

⑨ 茕茕（qióng）：孤独无依的样子。

【译文】

想让薜荔去做我的媒人啊，却害怕如抬起脚攀爬树木一样。让芙蓉去做我的媒人啊，又担心提起下裙弄湿双脚。我不喜欢登高啊，我也不愿向低处行走。本来我的本性就是不屈不挠啊，却仍然犹豫徘徊。开阔道路为前方筹谋啊，我的内心始终不改一贯的法度。命中注定居于幽僻荒远之地，我将疲累啊，仍希望生命还未终结之前能有所作为。一个人孤独地向南前行啊，这是因为彭咸才是我的榜样。

惜往日

惜往日之曾信兮①，受命诏以昭诗②。奉先功以照下兮③，明法度之嫌疑④。国富强而法立兮，属贞臣而日娭⑤。秘密事之载心兮⑥，虽过失犹弗治。心纯庬而不泄兮⑦，遭谗人而嫉之。君含怒而待臣兮⑧，不清澈其然否。蔽晦君之聪明兮⑨，虚惑误又以欺⑩。弗参验以考实兮⑪，远迁臣而弗思。信谗谀之溷浊兮，盛气志而过之。何贞臣之无罪兮，被离谤而见尤⑫。惭光景之诚信兮⑬，身幽隐而备之⑭。

【注释】

① 往日：这里指诗人年轻时被楚怀王信任并重用的一段时期。

② 命诏：君王发布的诏令。昭：使光明。诗：一作“时”，时世。

③ 先功：指楚国前代君王的功绩。照下：昭示下民。

④ 法度：法令、制度。嫌疑：指法度中疑惑难辨的地方。

⑤ 属（zhǔ）：委托，托付。娭（xī）：玩乐，嬉戏。

⑥ 秘密：一说为“黾勉”，勤勉之意。

⑦ 纯庬（máng）：纯朴敦厚。不泄：不泄露，比喻出言谨慎。泄，泄露。

⑧ 君含怒而待臣：《史记》中记载：“怀王使屈原造为宪令，屈平属草稿未定。上官大夫见而欲夺之，屈平不与。因谗之曰：‘王使屈平为令，

众莫不知，每一令出，平伐其功，曰以为非我莫能为也。’王怒而疏屈平。”即指此事。

⑨ 蔽晦：蒙蔽，隐晦。聪明：耳聪目明。引申为明辨是非的能力。

⑩ 虚：虚而不实，使假变成真。惑：使……迷惑。误：使……行为颠倒错讹。

⑪ 参：比较。考实：考察事实真相。

⑫ 被：遭遇，蒙受。离：当从洪兴祖及朱熹本作“谴”，遭受，遭遇。尤：罪，责怪。

⑬ 景（yǐng）：同“影”。

⑭ 幽隐：这里指所居之所的幽僻荒凉。备：具备。

【译文】

痛惜往日曾经受到信任和重用啊，接受君王的诏令以昭明时世。承袭先王的功绩普照下民啊，辨明法度绝不含糊。国家富强法度完善啊，将国政委托给忠臣君主便可以轻松游乐。勤勉于国事时刻放在心上啊，虽然有过失也没有治罪。心地纯朴敦厚而出言谨慎啊，却遭到了谗佞小人的嫉妒。君王满含怒火对待臣子啊，并不去辨别其中的是非黑白。谗佞小人蒙蔽了君王耳目啊，用假话迷惑而又欺骗君王。君王不去比较考察事情的真相啊，远远地把忠臣放逐不再加以思索。君王听信谗言啊，怒气冲冲将我责备。为何忠贞之臣本无罪过啊，却遭到诽谤承受罪过？悲叹的是光影真实无伪表里如一啊，身处僻远之地也要坚守这品德。

临沅湘之玄渊兮[①]，遂自忍而沉流？卒没身而绝名兮，惜壅君之不昭[②]。君无度而弗察兮[③]，使芳草为薮幽[④]。焉舒情而抽信兮，恬死亡而不聊[⑤]。独鄣壅而蔽隐兮[⑥]，使贞臣为无由。

【注释】

① 玄渊：深渊。

② 壅（yōng）君：受蒙蔽的君王，昏君。

③ 度：法度。

④ 薮（sǒu）幽：水泽幽暗的地方。

⑤ 恬：安适。

⑥ 鄣壅：阻隔。鄣，同“障”。

【译文】

沅湘之水幽暗深沉啊，就此忍心投水自沉江底？最终身死而名灭啊，痛惜的是君王被蒙蔽而不能醒悟。君王没有准则又不能明察啊，把香草淹没在幽暗水沼中。该如何打开心扉展示诚信啊，我会坦然地死亡，决不苟且偷生。只因前有重重阻碍，小人蒙骗了君王啊，让忠贞之臣无路可走。

闻百里之为虏兮[①]，伊尹烹于庖厨[②]。吕望屠于朝歌兮[③]，宁戚歌而饭牛[④]。不逢汤武与桓缪兮，世孰云而知之？吴信谗而弗味兮[⑤]，子胥死而后忧[⑥]。介子忠而立枯兮[⑦]，文君寤而追求[⑧]。封介山而为之禁兮[⑨]，报大德之优游[⑩]。思久故之亲身兮，因缟素而哭之[⑪]。

【注释】

① 百里：即百里奚，春秋时，虞国大夫，后被晋献公所俘，作为陪嫁媵臣进入秦国。后又被楚人所抓。秦穆公闻其贤能，便用五张羊皮赎得其身，任为大夫，故又称为“五羖（gǔ）大夫。”

② 伊尹：名挚，商汤时的大臣。庖（páo）厨：厨房。

③ 吕望：即姜太公，辅佐周文王、周武王，灭商立周。后封于齐。朝（zhāo）歌：古地名，殷纣时的国都，在今河南淇县。

④ 宁戚：春秋时卫国人，曾经在齐国经商，喂牛而歌，后被齐桓公任用为大夫。

⑤ 吴：指吴国国君夫差。

⑥ 子胥：伍子胥。后忧：指伍子胥死后不久，吴为越所灭。

⑦ 介子：介子推。春秋时晋国人，曾经跟随晋文公在外流亡，文公继位后，介子推便携母归隐。立枯：指介子推被烧死一事。

⑧ 文君：晋文公重耳，“春秋五霸”之一。寤（wù）：醒悟，觉悟。

⑨ 介山：山名。因介子推而得名。禁：禁止民众上介山打猎砍柴。

⑩ 优游：形容德行广大。

⑪ 缟（gǎo）素：白色丧服。

【译文】

听说百里奚曾经当过俘虏啊，伊尹曾经在厨房里烹饪。吕望曾在朝歌当过屠夫啊，宁戚曾经一边唱歌一边喂牛。如果不是遇到商汤、周武王、齐桓公和秦穆公啊，世上的人谁会知道他们？夫差听信谗言而不辨忠奸啊，伍子胥死后便国破家亡。介子推忠心耿耿却被烧死啊，晋文公醒悟了才去寻求。把介山作为他的封地禁止砍柴打猎啊，来回报他的忠心厚德。想起他是自己多年的故人啊，晋文公一身缟素为之痛哭。

或忠信而死节兮，或訑谩而不疑[①]。弗省察而按实兮[②]，听谗人之虚词。芳与泽其杂糅兮[③]，孰申旦而别之[④]？何芳草之早殀兮[⑤]，微霜降而下戒。谅聪不明而蔽壅兮[⑥]，使谗谀而日得。

【注释】

① 訑谩（yí màn）：欺骗，欺诈。

② 省（xǐng）：调查实情。按：考察。

③ 泽：当为“臭”字之误。

④ 申旦：自夜达旦，这里指日复一日。旦，天亮。

⑤ 殀（yāo）：夭折。

⑥ 谅：确实，诚然。聪不明：听觉不敏锐，引申，不辨是非。

【译文】

有人忠贞守诚信而死啊，有人心怀欺诈却不被人怀疑。不考察实情，也不核对事实啊，却偏偏听信小人的虚假之言。芳香和腐臭混杂一处啊，谁能日复一日来辨别？为何芳草过早地死亡啊，寒霜的降临，已经给以警示。确实是君王偏听偏信，不辨是非，受到蒙蔽啊，才让阿谀小人日益得势。

自前世之嫉贤兮，谓蕙若其不可佩①。妒佳冶之芬芳兮，嫫母姣而自好②。虽有西施之美容兮③，谗妒入以自代。愿陈情以白行兮④，得罪过之不意。情冤见之日明兮⑤，如列宿之错置⑥。

【注释】

① 蕙若：蕙草和杜若。

② 嫫（mó）母：传说中黄帝之妃，极丑。后为丑女的代称。这里比喻小人。姣：容貌娇美。

③ 西施：春秋时越国美女，越人将其献于吴王夫差，至此夫差不理国事，终于亡国。

④ 白行：表白自己的行为。

⑤ 情冤：真情和冤屈。见（xiàn）：同“现”，出现，显现。日明：一天比一天明显。

⑥ 列宿：众多星宿。错：通“措”，安置，安放。

【译文】

自古以来奸佞小人就嫉妒贤能啊，硬是说芬芳的蕙草和杜若不可佩戴。他们妒忌佳人的美丽动人啊，丑女却自认为美丽而卖弄自己的媚态。即使有像西施那样的美艳容颜啊，嫉妒之人也要挤进来取代。希望来陈述衷情，表白所作所为啊，却出乎意料地招致罪过。真情与冤屈终究会弄清楚啊，就像天上的明星一般。

乘骐骥而驰骋兮，无辔衔而自载①；乘汜泭以下流兮②，无舟楫而自备。背法度而心治兮③，辟与此其无异④。宁溘死而流亡兮⑤，恐祸殃之有再。不毕辞而赴渊兮，惜壅君之不识。

【注释】

① 辔（pèi）：马的缰绳。衔：勒马的笼头。

② 氾：通"泛"。泭（fú）：木筏。

③ 心治：依着自己的私心去治理，凭主观去办事。

④ 辟：通"譬"，譬如，仿佛。

⑤ 溘（kè）：突然，忽然。流亡：随流水而亡。

【译文】

骑上骏马驰骋啊，没有缰绳和马笼头任意奔驰。乘筏泛舟顺流而下啊，没有船桨任意漂流。背离法度依着私心去治理啊，这跟以上的情形没有不同。宁愿突然死去随水而去啊，只是担心国家再次遭到祸患。没有把话说完便要投入深渊啊，痛惜的是被蒙蔽的君王毫不知情。

远　游

【题解】

关于本篇的作者，一直存在着争议。第一种认为是屈原所作，以王逸为代表，后世学者朱熹、陈第、陆时雍、王夫之、林云铭、胡文英均持此说。第二种认为是汉人拟作的，以清人胡濬源、吴汝纶为代表。现代的学者陈子展、姜亮夫、姜昆武与徐汉澍亦坚持此说。从屈原作品的统一性出发，本书也将《远游》确定为屈原所作。

关于创作主旨，朱熹等人认为本篇是诗人被流放之后抒发忧懑之作；屈复则认为这是一篇殉身寓言，“《远游》，寓言也。自沉汨罗，即是远游。远游之乐，即是自沉之乐。”这种说法令人深思。

《远游》在内容上分为两个部分：第一部分描写诗人神游于天感受到的快乐；第二部分描写诗人养生炼形。全篇充满了奇特而瑰丽的想象，充满了浪漫主义色彩，同时也表达了对世俗黑暗的指责，以及对真善美的追求。

《远游》具有独特的魅力和价值，在文学史上对后世影响较大，它成为很多文学作品中典故的来源，比如司马相如的《大人赋》，其语多出于此。同时它也开启了后世“游仙诗”创作的先河，比如晋郭璞的《游仙诗》十四首，从中我们可以明显看出《远游》对之产生的影响。

悲时俗之迫阨兮①，愿轻举而远游②。质菲薄而无因兮③，焉托乘而上浮④。遭沉浊而污秽兮⑤，独郁结其谁语！夜耿耿而不寐兮⑥，魂营营而至曙⑦。

【注释】

① 迫阨（è）：逼迫阻塞。迫，逼迫。阨，阻塞，阻碍。

② 轻举：飞升，登天。

③ 质：本质，禀性。菲薄：自谦之词，指德才鄙薄。

④ 托乘：指攀乘仙人之车，比喻得人指引和帮助。

⑤ 沉浊：污浊，污秽，比喻时世污浊。

⑥ 耿耿：心中有所牵挂，烦躁不安的样子。

⑦ 茕茕（qióng）：孤独无依的样子。

【译文】

悲叹的是世俗的逼迫阻塞啊，愿高飞升天四方远游。可惜的是我的禀性鄙陋没有机缘啊，怎能攀乘仙人之车上天去周游？遭逢混浊的尘世满身污秽啊，心中愁思郁结向谁倾诉？夜里心事重重，烦躁不安，难以入眠啊，孤独无依，直到天明。

惟天地之无穷兮，哀人生之长勤①。往者余弗及兮②，来者吾不闻。步徙倚而遥思兮③，怊惝怳而乖怀④。意荒忽而流荡兮⑤，心愁悽而增悲。神倏忽而不反兮⑥，形枯槁而独留。内惟省以端操兮⑦，求正气之所由⑧。漠虚静以恬愉兮⑨，澹无为而自得⑩。

【注释】

① 勤：艰辛，艰苦。

② 往者：以往的人事。

③ 徙倚：徘徊，流连不去。

④ 怊（chāo）：悲，怅惘。惝怳（chǎng huǎng）：惆怅，失意。乖：相背，违背。

⑤ 荒忽：通“恍惚”，神思不定的样子。流荡：游荡。

⑥ 倏（shū）忽：迅速的样子。反：通“返”，返回。

⑦ 惟省（xǐng）：思考，省察。

⑧ 所由：所来的地方。

⑨ 漠：清静。虚静：清虚安静。

⑩ 澹（dàn）：淡泊。无为：清静虚无，顺应自然，即“无为”。

【译文】

想到天地广远无边无际啊，哀叹人生的无穷艰辛。过去的事情我不能追及啊，未来的事情我也无法亲见。我的步履徘徊不定，思绪缥缈啊，悲伤失意与理想相违。思绪恍惚不定四处游荡啊，心中愁苦而愈加悲伤。灵魂忽然远去而不复返啊，独自留下形体枯槁而消残。内心思考省察以端正操守啊，寻求天地正气来自于何处。清静清虚恬淡自乐啊，淡泊无为而自得。

闻赤松之清尘兮[①]，愿承风乎遗则[②]。贵真人之休德兮[③]，美往世之登仙。与化去而不见兮[④]，名声著而日延。奇傅说之托辰星兮[⑤]，羡韩众之得一[⑥]。形穆穆以浸远兮[⑦]，离人群而遁逸[⑧]。因气变而遂曾举兮[⑨]，忽神奔而鬼怪[⑩]。时髣髴以遥见兮[⑪]，精皎皎以往来[⑫]。绝氛埃而淑尤兮[⑬]，终不返其故都。免众患而不惧兮，世莫知其所如。

【注释】

① 赤松：即赤松子，传说为上古时的仙人。清尘：行而起尘清，比喻一种清高的遗风，清静无为的境界。

② 遗则：前代留传下来的规则、法则。

③ 真人：修养本性，修真得道之人，或“成仙”之人。休德：美好的品德。

④ 化：变化，转化。这里有羽化成仙，与天地同往来之意。

⑤ 傅说（yuè）：殷高宗的贤相，相传死后，其魂魄便乘星上天。辰星：星宿，位于东方。

⑥ 韩众：传说中的神仙。得一：道家术语，得道的意思，“一”就是“道”。

⑦ 穆穆：静默无声。浸：逐渐。

⑧ 遁逸：避世隐居。

⑨ 曾（zēng）举：向上飞升。

⑩ 神奔而鬼怪：神出鬼没的样子。

⑪ 髣髴（fǎng fú）：隐约，依稀。

⑫ 精：精魂，精灵。晈晈（jiǎo）：光明，明亮的样子。

⑬ 氛埃：污浊之气，尘埃。淑尤：特别美善。

【译文】

听说赤松子脱尘绝俗啊，我愿意秉承他的遗则和风范。崇尚赤松子美好的品德啊，向往古人能够得道飞天。形体与自然同化而消失不见啊，名声却日益显赫而流传世间。惊奇的是傅说死后化为辰星啊，羡慕韩众能够得道成仙。形体静静地而渐行渐远啊，离开尘世人群而避世隐居。凭借着精气的变化而飞升啊，飘忽如同神鬼出没。依稀中远远地望见啊，精灵来来往往，光明耀眼。超脱尘俗浊世而到达美善的境界啊，绝不再返回故乡。摆脱众多的忧虑而无所畏惧啊，世人不知我的去向。

恐天时之代序兮[①]，耀灵晔而西征[②]。微霜降而下沦兮，悼芳草之先零。聊仿佯而逍遥兮[③]，永历年而无成。谁可与玩斯遗芳兮，晨向风而舒情。高阳邈以远兮，余将焉所程。

【注释】

① 天时：自然运行的时序。代序：时序的更替。

② 耀灵：指太阳，比喻君主帝王。晔（yè）：闪光的样子。

③ 仿佯（páng yáng）：通“彷徉”，游荡，遨游。

【译文】

担心时序更替岁月流逝啊，耀眼的太阳渐渐西沉。薄薄的秋霜渐渐降下啊，哀悼芳草早早凋零。暂且周游四方逍遥自在啊，年复一年却终究无成。谁能和我共同欣赏这残留的芳草啊？清晨向长风抒发心情。高阳氏离我已经太遥远了啊，我将去哪里来取法权衡？

重曰[①]：春秋忽其不淹兮，奚久留此故居[②]？轩辕不可攀援兮[③]，吾将从王乔而娱戏[④]！餐六气而饮沆瀣兮[⑤]，漱正阳而含朝霞[⑥]。保神明之清澄兮，精气入而麤秽除[⑦]。顺凯风以从游兮[⑧]，至南巢而壹息[⑨]。见王子而宿之兮，审壹气之和德。[⑩]

【注释】

① 重：表示重复，反复，再次申说之意。

② 奚（xī）：为何。

③ 轩辕：黄帝的名字。

④ 王乔：即王子乔，传说中的仙人。

⑤ 六气：指天地四时六种精气，传说修道之人食之能成仙。沆瀣（hàng xiè）：夜间的露水，仙人所饮。

⑥ 漱：吮吸。正阳：夏时之气。

⑦ 麤（cū）秽：粗俗污秽之气。

⑧ 凯风：指南风。

⑨ 南巢：南方的古国名。壹息：稍微休息一会儿。

⑩ 壹气：元气，精气。和德：指的是高妙的修养境界。

【译文】

又唱道：春去秋来岁月不停歇啊，又为何长久地留在此地呢？轩辕黄帝既然不可攀附啊，我将追随着王子乔嬉戏游乐。以天地四时六气为餐，以露水为饮啊，吮吸着正阳之气口含着朝霞之芳。保持着精神心灵澄澈清明啊，吸入精气而把浊气排出。我乘着南风游玩啊，到了南巢国才稍作休息。看见王子乔我就在那里留宿啊，向他询问"道"的最高境界。

曰：道可受兮[①]，不可传[②]；其小无内兮，其大无垠；无滑而魂兮[③]，彼将自然[④]；壹气孔神兮[⑤]，于中夜存；虚以待之兮，无为之先；庶类以成兮[⑥]，此德之门。

【注释】

① 受：意会，心领神会。

② 传：说，即用文字表达。

③ 滑（gǔ）：紊乱。而：代词，你。

④ 彼：即上面的“魂”。自然：自然而然，不是人为。

⑤ 孔：很，甚。

⑥ 庶类：众类，万物。

【译文】

王子乔说：“道”只可以心领神会啊，却无法用语言说出；它小到无处不能容纳啊，大到无边无际；不要搅乱你的魂魄啊，它将自然而然地出现；这一元之气非常神奇啊，在半夜寂静之时方可感知；以虚静之心安静地等待着它啊，不要万事只想着以己为先；世间万物都是这样形成啊，这就是得道之门。

闻至贵而遂徂兮[①]，忽乎吾将行。仍羽人于丹丘兮[②]，留不死之旧乡。朝濯发于汤谷兮[③]，夕晞余身兮九阳[④]。吸飞泉之微液兮[⑤]，怀琬琰之华英[⑥]。玉色頩以脕颜兮[⑦]，精醇粹而始壮[⑧]。质销铄以汋约兮[⑨]，神要眇以淫放[⑩]。嘉南州之炎德兮[⑪]，丽桂树之冬荣[⑫]。山萧条而无兽兮，野寂漠其无人[⑬]。载营魄而登霞兮[⑭]，掩浮云而上征[⑮]。命天阍其开关兮[⑯]，排阊阖而望予[⑰]。召丰隆使先导兮[⑱]，问大微之所居[⑲]。集重阳入帝宫兮[⑳]，造旬始而观清都。[㉑]

【注释】

① 至贵：非常珍贵，这里指王子乔所说的得道之门。徂：去，往。

② 仍：因，因循。羽人：羽化升天的仙人。丹丘：传说中神仙所居之地。

③ 濯(zhuó):洗涤,清洗。汤(yáng)谷:即旸谷,传说中的日出之地。

④ 晞(xī):干,晒干。九阳:古时传说,旸谷有扶桑树,上有一个太阳,下有九个太阳,十个太阳轮流值班。也可指天地的边缘。

⑤ 飞泉:谷名,在昆仑山西南。微液:微,细微。液,汁,汁液。

⑥ 琬琰(wǎn yǎn):指美玉。华英:玉之精华。

⑦ 頩(pīng):光润而美的样子。脕(wàn):光润之意。

⑧ 醇粹:精纯不杂,纯粹。

⑨ 质:这里指世俗的形体、物质。销铄(shuò):消亡,熔化。汋(chuò)约:同“绰约”,柔媚之态。

⑩ 要眇(miào):精深微妙。淫放:远游;任性游荡。

⑪ 南州:泛指南方。炎德:即火德。阴阳家将东、西、南、北、中分属五行,南方属火,故称“火德”。

⑫ 丽:赞美。

⑬ 寂漠:同“寂寞”。

⑭ 营魄:即魂魄。

⑮ 掩:遮盖,遮蔽。这里云气缭绕。上征:向上飞升。

⑯ 天阍(hūn):天帝的看门人。关:指门。

⑰ 阊阖(chāng hé):传说中的天门。

⑱ 丰隆:古代神话中雷神之名。还有一说指云神。

⑲ 大微:亦作“太微”,古代星名,传说中为天帝的南宫。

⑳ 重阳:指天。

㉑ 旬始:星宿名。清都:天宫之名。

【译文】

听了非常珍贵的至理妙言便想前往啊,匆忙之间我就出发。跟随着仙人飞升到丹丘仙境啊,停驻在神仙的不死之乡。清晨在汤谷洗发啊,傍晚让九阳晒干我的全身。吮吸着昆仑飞泉的美味玉液啊,怀抱着美玉的精华。面色如玉般光泽滋润啊,精神纯粹而愈加坚强。世俗的形体消亡熔化方能露出柔媚之态啊，神气幽远而自由驰骋。赞赏南国炎热之德啊，美丽的桂树在冬天也能吐芳。山林寂寥冷落没有野兽啊，原野空旷寂静无人。载着魂魄飘上彩霞啊，被浮云覆盖而向上飞升。命令天宫的守门人打开天门啊，他推开大门打量着我。招来雷神丰隆作我的先导啊，询问太微星之所在。汇集九重阳气进入帝宫啊，探访旬始星参观清都。

朝发轫于太仪兮[①]，夕始临乎于微闾[②]。屯余车之万乘兮，纷溶与而并驰[③]。驾八龙之婉婉兮，载云旗之逶蛇[④]。建雄虹之采旄兮[⑤]，五色杂而炫耀[⑥]。服偃蹇以低昂兮[⑦]，骖连蜷以骄骜[⑧]。骑胶葛以杂乱兮[⑨]，斑漫衍而方行[⑩]。撰余辔而正策兮，吾将过乎句芒[⑪]。历太皓以右转兮[⑫]，前飞廉以启路[⑬]。阳杲杲其未光兮[⑭]，凌天地以径度。风伯为余先驱兮，氛埃辟而清凉。凤皇翼其承旂兮[⑮]，遇蓐收乎西皇[⑯]。擥慧星以为旍兮[⑰]，举斗柄以为麾[⑱]。叛陆离其上下兮[⑲]，游惊雾之流波。时暧曃其曭莽兮[⑳]，召玄武而奔属[㉑]。后文昌使掌行兮[㉒]，选署众神以并毂[㉓]。路曼曼其修远兮，徐弭节而高厉[㉔]。左雨师使径侍兮，右雷公以为卫。欲度世以忘归兮[㉕]，意恣睢以担挢[㉖]。内欣欣而自美兮，聊媮娱以自乐[㉗]。涉青云以汎滥游兮[㉘]，忽临睨夫旧乡[㉙]。仆夫怀余心悲兮，边马顾而不行。思旧故以想像兮[㉚]，长太息而掩涕。氾容与而遐举兮[㉛]，聊抑志而自弭。指炎神而直驰兮[㉜]，吾将往乎南疑[㉝]。

【注释】

① 发轫(rèn)：拿掉支住车轮的木头，让车前进。此指起程，出发。太仪：天帝的太仪殿。

② 于微闾：神话中的山名，神仙所居住的地方。在东北方，即所谓的“医巫闾”。

③ 溶与：即“容与”，迟缓不进的样子。

④ 逶蛇(wēi yí)：同“逶迤”，形容云旗舒展飘扬的样子。

⑤ 雄虹：古人认为彩虹分两部分，色彩鲜明的部分称为雄虹；色彩较暗的部分称为雌霓。采旄(máo)：用旄牛的尾巴装饰的彩旗。

⑥ 炫燿：光彩夺目。燿，同“耀”。

⑦ 服：古代一车四马，中间的两匹称为服。偃蹇(jiǎn)：宛转曲折，形容马走路。低昂：形容马奔跑时上下起伏之状。

⑧ 骖(cān)：古代一车四马，两侧的马称为骖。连蜷：马身变曲之状，形容骖马矫健之态。骄鹜：放纵驰骋之状。

⑨ 骑：指车马。胶葛：错杂纷乱的样子，这里指车马喧闹的样子。

⑩ 斑：这里形容车队缤纷而显得相互交错的样子。漫衍：绵绵不绝，向前伸展的样子。方行：一齐前行。

⑪ 句(gōu)芒：神话传说中的东方木神之名。

⑫ 太皓：即“太皞”，传说中的古帝名，亦为司春之神。

⑬ 飞廉：风伯、风神之名。启路：开辟道路。

⑭ 杲杲(gǎo)：明亮的样子。

⑮ 旂(qí)：画有两龙并有铃铛的旗子。

⑯ 蓐(rù)收：神话传说中的司秋之神，在西方。西皇：神话传说中的西方尊神，即少昊。

⑰ 旍(jīng)：同“旌”，古代用羽毛装饰的旗子。

⑱ 斗柄：北斗柄。指北斗星柄部的三颗星。麾(huī)：这里指用以指挥军队的旗帜。

⑲ 叛：凌乱的。

⑳ 暧曃(ài dài)：昏暗不明。曭(tǎng)莽：太阳不明亮，晦暗朦胧的样子。

㉑ 玄武：神话传说中的北方之神，为龟蛇合体。奔属(zhǔ)：追随。

㉒ 文昌：星座名，共六星，在斗魁之前，形成半月形状。这里指星神。掌行：带领队伍，犹领队。

㉓ 选署：选择，部署。并毂（gǔ）：指车辆并列前行。毂，车轮中心可以插轴的部分，借指车。

㉔ 弭节：按节缓缓而行。高厉：高高升起。

㉕ 度世：超脱尘世成为神仙。

㉖ 恣睢（zì suī）：自得的样子。担挢（jiē jiǎo）：飞升之意。

㉗ 媮（yú）：通"愉"，欢乐。

㉘ 涉：蹚水过河。汎滥游：四处广泛地周游。汎滥，即"泛滥"。

㉙ 临睨（nì）：俯视。睨，看。

㉚ 想像：缅怀、回忆。

㉛ 遐举：远行。

㉜ 炎神：南方火神。

㉝ 南疑：南方的九嶷山。

【译文】

清早从天宫的太仪殿出发啊，夕阳西下之时到达医巫闾山。万辆马车聚在一起啊，浩浩荡荡迟缓并驾向前。驾驭着八条神龙蜿蜒而行啊，云旗飘扬舒展。竖起插着旄头的霓虹彩旗啊，五色缤纷夺目耀眼。服马高大矫健头颅起伏不定啊，骖马健壮曲蹄奔驰。车马参差纵横交错啊，队列绵延不绝并列向前行进。抓紧缰绳握正马鞭啊，我将要路过东方木神句芒。经过了东帝太皓向右而转啊，令风伯飞廉为开辟道路。灿烂的太阳还未放出光明啊，超越天地纵横驰骋。风伯为我做队伍的先驱啊，扫除雾霾与尘埃迎来清凉。凤凰张开彩翼支撑着云旗啊，在西帝那里与金神蓐收相遇。摘下彗星当作旌旗啊，举起北斗之柄进行指挥。五色缤纷光彩夺目啊，在波涛云海中漫游。天色昏暗四周朦朦胧胧啊，招来北方玄武相跟随。让文昌在后为我掌管前行的队伍啊，选择安排众神与我并驾前行。前方道路漫长而遥远啊，我按节徐行缓缓驰向云天。车左边让雨师随侍啊，车右边令雷公扈从。要超脱世俗忘却一切而归去啊，放纵自得而高举。内心喜悦自以为美好啊，姑且自娱自乐。飞越青云漫游四面八方啊，忽然俯瞰到故乡的土地。仆人们怀念我的内心伤悲啊，驾车的马也频频回望，徘徊不肯前行。想念故乡的亲朋想见到他们啊，我长长地叹息擦拭滂沱的泪水。从容地遨游而远去啊，姑且抑制情感而自我开解。手指南方火神的所在径直向前奔驰啊，我将要前往南方的九嶷山。

览方外之荒忽兮①，沛罔象而自浮②。祝融戒而还衡兮③，腾告鸾鸟迎宓妃④。张《咸池》奏《承云》兮⑤，二女御《九韶》歌⑥。使湘灵鼓瑟兮⑦，令海若舞冯夷⑧。玄螭虫象并出进兮⑨，形蟉虬而逶蛇⑩。雌蜺便娟以增挠兮⑪，鸾鸟轩翥而翔飞⑫。音乐博衍无终极兮⑬，焉乃逝以俳佪。舒并节以驰骛兮⑭，逴绝垠乎寒门⑮。轶迅风于清源兮⑯，从颛顼乎增冰⑰。历玄冥以邪径兮⑱，乘间维以反顾⑲。召黔嬴而见之兮⑳，为余先乎平路。经营四荒兮㉑，周流六漠㉒。上至列缺兮㉓，降望大壑㉔。下峥嵘而无地兮㉕，上寥廓而无天。视儵忽而无见兮㉖，听惝恍而无闻㉗。超无为以至清兮，与泰初而为邻㉘。

【注释】

① 荒忽：遥远的样子。

② 沛（pèi）：水流动的样子。罔（wǎng）象：指水势很大的样子。

③ 祝融：火神之名，帝喾时的火官，后尊为火神。还衡：回车。衡，车辕前面的木头，这里指车。

④ 腾告：奔跑呼号。宓（fú）妃：神话传说中的伏羲之女，洛水女神。

⑤《咸池》：古乐曲名。相传为尧乐。一说为黄帝之乐。一说为舜乐。《承云》：古乐曲名。传说为黄帝所作乐曲。一说为颛顼时乐曲。

⑥ 二女：尧的二女，舜的二妃，娥皇和女英。御：侍奉。《九韶》：亦作“九招”，舜时乐曲名。

⑦ 湘灵：湘水之神。

⑧ 海若：神话传说中的海神。冯（píng）夷：神话传说中的河神，即河伯。

⑨ 玄螭(chī):龙一类的神兽。玄,黑色。螭,一种没有角的龙。虫象:传说中的水怪。

⑩ 蟉虬(liú qiú):屈曲的样子。逶蛇:又作“逶迤”等,蜿蜒曲折的样子。

⑪ 便(pián)娟:轻盈美丽的样子。挠:通“绕”,缠绕。

⑫ 轩翥(zhù):飞举,高飞。

⑬ 音乐:声音乐曲。音,声音。乐,乐曲。博衍:这里形容音乐广远、舒展绵延的样子。

⑭ 并节:马鞭两两相并。一说指驾车的两马。一说指“骈驾”。驰骛(wù):疾驰,趋赴。

⑮ 逴(chuō):远。绝垠:极远的地方,天边。寒门:北极之门,神话传说中北方极寒之地。

⑯ 轶(yì):超过,超越。迅风:疾风。清源:传说中的八风之府,北极寒风的之源。

⑰ 颛顼(zhuān xū):上古帝王,“五帝”之一,北方之帝。号高阳氏。增冰:重重冰雪。

⑱ 玄冥:北方水神,也指冬神。邪径:斜路。

⑲ 间维:古称天有六间,地有四维,故称间维,就是指天地之间。

⑳ 黔嬴(qián yíng):即“黔雷”,造化之神。

㉑ 经营:周旋,往来。四荒:即四方荒远之地。

㉒ 周流:遍游。六漠:即“六幕”,指天地四方。

㉓ 列缺:通“列缺”,指闪电。

㉔ 大壑(hè):大海。

㉕ 峥嵘:这里指深远、深邃的样子。

㉖ 儵(shū)忽:目视看不清楚的样子。儵,通“倏”。

㉗ 惝怳(chǎng huǎng):模糊不清的样子。

㉘ 泰初:天地万物的元气。

【译文】

观览世外的辽阔浩渺啊，我仿佛在汪洋的大海中独自浮游。火神祝融劝诫我掉转方向啊，驰呼鸾鸟来迎接洛水之神宓妃。设《咸池》之乐，奏《承云》之曲啊，娥皇、女英奏起《九韶》之歌前来侍奉。令湘水之神弹奏瑟乐啊，命海神与河神共舞。黑龙与水怪一同游戏啊，身体屈曲，婉转自如。彩虹优美轻盈层层环绕啊，青鸾神鸟在高空翱翔飞舞。音乐绵延舒展没有终止啊，我于是远去周游。放下缰绳任骏马纵情狂奔啊，远到天边的北极寒门。乘着疾风来到八风之府啊，跟随颛顼到达厚厚的冰层之所在。通过北方水神玄冥的崎岖小路啊，在天地之间回望。召唤造化之神前来会面啊，为我把道路铺平。路过了四方荒凉之地啊，周游了六合广漠之境。向上直触闪电之至高啊，向下俯瞰大海之至深。下面高远深邃没有大地啊，上面空旷广远不见蓝天。茫茫一片什么也看不见啊，恍恍惚惚什么也听不清楚。超越无为而到达清静的境界啊，和天地之元气结伴为邻。

卜 居

【题解】

何为“卜居”？“卜”为占卜，“居”为居处。“卜居”就是说通过占卜，来解决自己的所居何地，即解决自己应该何去何从的疑问。

关于本篇的作者至今没有定论。王逸认为，此篇为屈原所作，“《卜居》者，屈原之所作也。屈原履忠贞之性，而见嫉妒。念谗佞之臣，承君顺非，而蒙富贵。己执忠直，而身放弃，心迷意惑，不知所为。乃往至太卜之家，稽问神明，决之蓍龟，卜己居世何所宜行，冀闻异策，以定嫌疑。故曰《卜居》也。”到了清人崔述这里开始对这一说法产生怀疑，他认为《卜居》并非屈原所作，而是他人假托屈原的名义所作，这一说法至今在学术界仍有争议。到了近现代，一些学者著书立说，肯定崔述的说法，如郭沫若、游国恩、陆侃如等。因此很多版本的文学著作中将《卜居》《渔父》排除在屈原的作品之外。但其后，陈子展、姜亮夫、汤炳正、蒋天枢等又提出观点来驳斥这一说法，仍然认为此篇为屈原所作。总之，关于《卜居》作者，悬而未决，扑朔迷离。因此，本书仍以传统说法为准，即把屈原认为是本篇的创作者。

本篇采用散文式的手法，运用一问一答的形式，表达了屈原对人生道路的抉择与坚持，对黑暗现实的抗争，表现了其不与现实妥协、坚持自我的高洁品格。全篇一连提出了十几个问题，气势磅礴。这种有问有答的体式，被视为后世辞赋宾主问答体的滥觞。

屈原既放，三年不得复见。竭知尽忠①，而蔽鄣于谗②。心烦虑乱，不知所从。往见太卜郑詹尹曰③：“余有所疑，愿因先生决之④。”詹尹乃端策拂龟⑤，曰：“君将何以教之⑥？”屈原曰：“吾宁悃悃款款朴以忠乎[⑦]？将送往劳来斯无穷乎[⑧]？宁诛锄草茅以力耕乎？将游大人以成名乎？宁正言不讳以危身乎？将从俗富贵以媮生乎[⑨]？宁超然高举以保真乎[⑩]？将哫訾栗斯[⑪]，喔咿儒儿以事妇人乎[⑫]？宁廉洁正直以自清乎？将突梯滑稽[⑬]，如脂如韦[⑭]，以洁楹乎[⑮]？宁昂昂若千里之驹乎？将氾氾若水中之凫乎[⑯]，与波上下，偷以全吾躯乎？宁与骐骥亢轭乎[⑰]？将随驽马之迹乎？宁与黄鹄比翼乎[⑱]？将与鸡鹜争食乎[⑲]？此孰吉孰凶？何去何从？世溷浊而不清，蝉翼为重，千钧为轻[⑳]；黄钟毁弃[㉑]，瓦釜雷鸣[㉒]；谗人高张[㉓]，贤士无名。吁嗟默默兮[㉔]，谁知吾之廉贞！”詹尹乃释策而谢，曰：“夫尺有所短，寸有所长，物有所不足，智有所不明，数有所不逮[㉕]，神有所不通。用君之心，行君之意，龟策诚不能知事[㉖]。”

【注释】

① 知：通“智”，智慧。

② 蔽鄣：即“蔽障”，阻隔，阻挠。蔽，蒙蔽。鄣，通“障”，阻碍。

③ 太卜：古代官名，周时属春官，掌管卜筮的官。郑詹尹：太卜的姓名。

④ 因：凭着，凭借。决：决断，判断。

⑤ 端：摆正。策：占卜用的蓍草。龟：即龟甲，用作占卜之用。

⑥ 教：请教。

⑦ 宁：宁愿。悃悃（kǔn）：忠诚的样子。款款：诚恳，忠实的样子。朴：本质。

⑧ 送往：送别离开的人。劳来：慰问、劝勉前来归服的人。来，归服。

⑨ 媮（tōu）生：享乐地生活。媮，通“偷”。

⑩ 超然：高超出众，超脱世俗。高举：高飞远去，远离尘嚣，比喻退隐。

⑪ 哫訾（zú zī）：谄媚，阿谀奉承。栗斯：看别人的眼色。

⑫ 喔咿（wō yī）：献媚强颜欢笑的样子。儒儿：强笑之貌。

⑬ 突梯滑(gǔ)稽：圆滑，圆转顺俗的样子。

⑭ 韦：本指熟皮，去毛熟治的皮革。这里为“柔软”的意思。

⑮ 楹(yíng)：厅堂前部的柱子。

⑯ 氾氾：飘浮、浮动的样子。凫(fú)：野鸭子。乎：应无此字。

⑰ 亢軛(kàng è)：指并驾齐驱。

⑱ 黄鹄(hú)：鸟名，这里比喻有才德的贤士。

⑲ 鸡鹜(wù)：鸡和鸭，比喻小人或者平庸之人。

⑳ 千钧：古制三十斤为一钧，千钧即三万斤。这里指最重的东西。

㉑ 黄钟：庙堂所用的打击乐器，指声调合于黄钟律的大钟。

㉒ 瓦釜：古代用作简单的乐器，这里指世俗的、鄙俗的音乐。

㉓ 高张：位居高位，并且气焰嚣张。

㉔ 吁嗟(xū jiē)：叹词，表示感慨，忧伤。默默：形容无话可说。

㉕ 不逮：不及。

㉖ 知事：应作“知此事”。

【译文】

屈原已经被放逐，三年没能再见到楚王。他竭尽才能智慧效忠于国家，却因为小人的谗言与诽谤而与君王阻隔。心烦意乱，不知道应该何去何从。就去拜访了太卜郑詹尹，屈原说：“我心里有疑惑的事情，希望通过先生占卜来帮我决断。”郑詹尹于是摆好蓍草，拂拭灵龟，说：“不知您有何见教？”屈原说：“我宁可诚实勤恳、忠厚朴实呢，还是无休无止地迎来送往去周旋？我宁可锄草耕田度过一生呢，还是侍奉权贵求取功名？我宁可忠言直谏直言不讳呢，还是追求富贵享乐地生活？我宁可超然世外高飞远去，保持纯真呢，还是阿谀奉承，强颜欢笑以取悦妇人？我宁可廉洁正直洁身自好呢，还是圆滑顺俗，如油脂般滑腻，似熟皮般柔软去谄媚呢？我宁愿气宇轩昂如同千里马一般，还是漂浮动荡如水中的野鸭，随波逐流，苟且偷生为保全自己的性命呢？我宁愿与骏马并驾齐驱，还是跟随着驽马的脚步呢？我宁愿与黄鹄于高空之上比翼齐飞呢，还是和鸡鸭一道争抢食物？以上种种，哪个吉利，哪个凶险？哪样可以舍去，哪样可以遵循？这世道浑浊不清，认为蝉翼很重，认为千钧太轻；声音洪亮的黄钟被毁弃，而世俗的瓦釜却如雷鸣一般；谗佞小人位高而气焰嚣张，贤能之士则默默无名。唉，无话可说了，谁能够了解我的廉洁和忠贞！”詹尹于是放下蓍草抱歉地说：“尺有它的短处，寸有它的长处，万事万物都有不足的地方，就算智者也有他不明白的地方，卦数有时也会有占卜不到的地方，神灵也有所不能。就随您的心意，实行您的看法，龟甲和蓍草占实在不能知道这件事。”

渔 父

【题解】

本篇的作者,与《卜居》一样,存在较大的争议。王逸提出作者为屈原本人。后世的诸多学者也基本采用屈原所作的说法。但到了清代,崔述较早地提出本篇的作者并非屈原,而是后人假托屈原所作。此后,一些学者开始支持此观点。但其后,又有学者姜亮夫在《屈原赋校注》中对"假托说"非常详细地予以驳斥。从多方面综合考虑,还未有新的证据之前,本书暂从传统说法,以屈原作为《渔父》的作者。

《渔父》采用了主客问答的方式,反映了屈原的人生态度及处世准则,表现了屈原洁身自好,不与世俗同流合污的节操与独立精神。其中渔父代表的是"与世推移"的避世的隐者,与屈原形成了非常强烈的对比。一种是面对社会黑暗忠贞自守,一种是看透社会黑暗避世自适;一种是对于黑暗绝不妥协,一种是完全退让并且寄情于自然。这完全是面对黑暗的社会现实而采取的截然不同的两种处世哲学和人生。因此,《渔父》一篇具有极高的思想性。另外,后人推崇《渔父》的另一个重要的原因就是他们往往都向往着篇中渔父的闲散自适的生活方式。以至此篇之后,歌咏"渔父"的诗文开始不断地涌现出来,唐宋以来则更甚。除此之外,《渔父》对七言诗的产生及发展也有一定的影响,比如文中的唱词:"举世皆浊我独清,众人皆醉我独醒","沧浪之水清兮,可以濯吾缨;沧浪之水浊兮,可以濯吾足"等。正如明人徐祯卿在《谈艺录》中所说"七言始起,咸曰柏梁。然宁戚扣牛,已肇《南山》之篇矣。其为则也,声长字纵,易以成文。故蕴气雕词,与五言略异。要而论之:《沧浪》擅其奇,《柏梁》宏其质,《四愁》坠其隽,《燕歌》开其靡。"虽然仅指"沧浪"句,但却是七言诗歌演变过程中必不可少的一个环节。

屈原既放,游于江潭,行吟泽畔,颜色憔悴[①],形容枯槁[②]。渔父见而问之曰[③]:“子非三闾大夫与[④]?何故至于斯?”屈原曰:“举世皆浊我独清[⑤],众人皆醉我独醒[⑥],是以见放。”渔父曰:“圣人不凝滞于物[⑦],而能与世推移。世人皆浊,何不淈其泥而扬其波[⑧]?众人皆醉,何不餔其糟而歠其醨[⑨]?何故深思高举[⑩],自令放为?”屈原曰:“吾闻之:新沐者必弹冠[⑪],新浴者必振衣[⑫]。安能以身之察察[⑬],受物之汶汶者乎[⑭]?宁赴湘流,葬于江鱼之腹中。安能以皓皓之白,而蒙世俗之尘埃乎?”渔父莞尔而笑[⑮],鼓枻而去[⑯]。

【注释】

① 颜色:面容,脸色。

② 形容:形体和容貌。枯槁:清瘦憔悴的样子。

③ 渔父(fǔ):渔翁。父,对老年男子的尊称。从其所说的话来看,渔父应是一位退隐的高士。

④ 三闾大夫:楚国官名,掌管楚国王族屈、景、昭三姓宗族子弟的事务。

⑤ 举世皆浊我独清:在文中,浊、清,比喻的是道德。

⑥ 众人皆醉我独醒:醉、醒,指的是对楚国现实的认识。

⑦ 凝滞:拘泥,固执。

⑧ 淈(gǔ):搅浑,搅乱。

⑨ 餔(bū)其糟:吃下酒糟,这里比喻为顺从世俗而随波逐流。糟,酒糟。歠(chuò)其醨(lí):喝下薄酒,文中亦比喻随波逐流。歠,饮,喝。醨,通“醨”,味道不浓烈的酒,薄酒。

⑩ 深思:深刻地思考。高举:高其行,行为高出世俗。

⑪ 沐:洗头发。弹(tán)冠:弹去冠上的尘土,即整冠。

⑫ 浴：洗澡。振衣：抖去衣服上的灰尘。

⑬ 察察：清洁的样子。

⑭ 汶汶（mén）：污浊的样子。

⑮ 莞（wǎn）尔：微笑的样子。

⑯ 鼓枻（yì）：亦作“鼓栧”，划桨的意思。

【译文】

屈原已经被放逐，在江边游荡，他边走边吟，面容憔悴，形体和容貌干枯瘦弱。一位渔父看见他，便问道：“您不是三闾大夫吗？怎么会沦落到这种地步？”屈原回答说：“世上的人都混浊不堪，只有我是清白的；举世的人都酩酊大醉，只有我是清醒的，所以被放逐至此。”渔父说：“有大智者不会被外物所拘束，而是能随着时世的变化而变化。既然世上的人都混浊不清，你为何不搅浑这泥水，扬起这浊波？既然大家都酩酊大醉，你为何不吃下这酒糟，喝下这薄酒？为什么要思虑深远，行为高出世俗，结果使自己被放逐？”屈原说：“我听说：刚洗完头的人一定要弹弹冠上的灰尘，刚洗完澡的人一定要抖一抖衣服上的灰尘。怎能让清洁的身体，沾染上污浊的秽物？我宁愿跳入湘江，葬身于鱼腹之中。怎能让这洁白的纯净之身，蒙上世俗的污泥呢？”渔父听后，微微一笑，划船离去。

歌曰：“沧浪之水清兮[①]，可以濯吾缨；沧浪之水浊兮，可以濯吾足。”遂去，不复与言。

【注释】

① “沧浪之水清兮”以下四句：以上渔父所唱的《沧浪歌》，又叫《孺子歌》，见于《孟子·离娄上》，古歌谣。沧浪，古水名。濯（zhuó）：洗，洗涤。缨：冠上的带子。

【译文】

歌中唱道："如果沧浪之水清澈啊，我就用它清洗我的帽缨；如果沧浪之水混浊啊，我就用它清洗我的双脚。"渔父于是离去，不再与屈原说话。

九　辩

【题解】

作者宋玉，楚人，生卒年不详。《史记》中只有片言记载："屈原既死之后，楚有宋玉、唐勒、景差之徒者，皆好辞而以赋见称。然皆祖屈原之从容辞令，终莫敢直谏。"另如《韩诗外传》卷七、《新序·杂事》等也有零星的记录，记载了他和楚襄王的一些事迹，从中可以看出他的身份，基本上与文学侍臣一样。根据一些典籍的说法，《九辩》也是夏启从天上连同《九歌》一并带回来的乐曲，实际上是古乐曲名。宋玉只是借用其名，再创新词。"九辩"是"九阙"或"九遍"之意，九，不是实指，而是虚指，多的意思。"九辩"即由若干乐章组合而成的一种曲调。

《九辩》是继《离骚》之后的又一篇带有自叙性长篇抒情诗。本篇通过叙述自己的经历，哀叹自己的际遇，抒发了对日益衰落的楚国社会的忧心之情，忠君之意，表现了其高尚的情操。

《九辩》的悲秋主题，使之成为中国文学史上的悲秋之祖，尤其是篇中把萧瑟的秋景与作者的自身遭际联系起来加以细致地描绘，情景交融，给读者带来强烈的情感体验。其中对于秋天景色的描写更是脍炙人口，成为人们相仿的对象。如汉武帝的《秋风辞》、曹植的《秋思赋》、曹丕的《燕歌行》等名篇佳作。当然这首长诗中，依然可以看到屈赋的痕迹，这同样也说明，《九辩》与屈赋是一脉相承的。

悲哉秋之为气也！萧瑟兮草木摇落而变衰①，憭慄兮若在远行②，登山临水兮送将归，泬寥兮天高而气清③，宋廖兮收潦而水清④，憯悽增欷兮薄寒之中人⑤，怆怳忼悢兮⑥，去故而就新，坎廪兮贫士失职而志不平⑦，廓落兮羁旅而无友生⑧。惆怅兮而私自怜。

燕翩翩其辞归兮[9]，蝉宋漠而无声[10]。雁廱廱而南游兮[11]，鹍鸡啁哳而悲鸣[12]。独申旦而不寐兮，哀蟋蟀之宵征[13]。时亹亹而过中兮[14]，蹇淹留而无成[15]。

【注释】

① 萧瑟：草木被秋风吹动的声音，引申为凋零，凋落。

② 憭慄（liáo lì）：亦作“憭栗”，凄凉的样子。

③ 泬寥（xuè liáo）：清朗空旷的样子。

④ 宋廖（jì liáo）：即“寂寥”，寂静无声的样子。潦（lǎo）：积水。

⑤ 憯（cǎn）悽：怆痛，感动。欷（xī）：叹息的样子。薄寒：轻微的寒气。中（zhòng）：侵袭之意。

⑥ 怆怳（chuàng huǎng）：失意的样子。圹悢（kuǎng lǎng）：失意惆怅的样子。

⑦ 坎廪（lǐn）：困顿，不得志的样子。

⑧ 廓（kuò）落：空虚寂寞的样子。羁旅：在异乡滞留。羁，寄居在外。旅，旅行的人。友生：友人，朋友。生，词的后缀，无实际意义。

⑨ 翩翩：飞翔得又轻又快的样子。

⑩ 宋（jì）漠：通“寂寞”，寂静无声。

⑪ 廱廱（yōng）：雁鸣的声音。

⑫ 鹍（kūn）：鹍鸡，指形似鹤的一种鸟，黄白色。啁哳（zhāo zhā）：形容鸟鸣的声音烦杂细碎。

⑬ 宵征：夜行。

⑭ 亹亹（wěi）：行进的样子。过中：过了中年。

⑮ 蹇（jiǎn）：发语词。淹留：滞留，停留。

【译文】

让人感到悲凉啊秋天的氛围！大地一片萧瑟啊草木凋零衰黄凋零，心中无比凄凉啊好像人在远行。登山临水啊送友人踏上归途，清朗空旷啊天宇高远秋高气爽，平静寂寥啊积水消退而秋水清澈，凄怆叹息啊秋日的微寒袭人，悲伤失意啊背井离乡前往新的地方，困顿坎坷啊贫士丢掉官职心中充满不平，寂寞空虚啊流落他乡而没有亲朋。惆怅失意啊自我怜悯哀伤。燕子翩翩向南飞回啊，寒蝉寂静无声。大雁鸣叫着向南翱翔啊，鹍鸡啾啾不停悲鸣。独自通宵彻夜未眠啊，为蟋蟀整夜的哀鸣而哀伤。时光流逝已过了中年啊，却仍然在异乡滞留而一无所成。

悲忧穷戚兮独处廓[①]，有美一人兮心不绎[②]。去乡离家兮徕远客[③]，超逍遥兮今焉薄[④]？专思君兮不可化，君不知兮可奈何！蓄怨兮积思，心烦憺兮忘食事[⑤]。愿一见兮道余意，君之心兮与余异。车既驾兮朅而归[⑥]，不得见兮心伤悲。倚结軨兮长太息[⑦]，涕潺湲兮下沾轼[⑧]。忼慨绝兮不得[⑨]，中瞀乱兮迷惑[⑩]。私自怜兮何极，心怦怦兮谅直[⑪]。

【注释】

① 穷戚：窘迫，困顿。戚，通“促”，迫促的意思。廓：空廓，广阔，这里指空虚寂寞。

② 绎（yì）：通“怿”，快乐，喜悦。

③ 徕（lái）：一作“来”。

④ 超：远去。逍遥：这里指到处漂泊。

⑤ 烦憺（dàn）：烦忧，愁闷。

⑥ 朅（qiè）：去。

⑦ 结軨（líng）：古代车厢前面有交错的木条，结成许多方格，形似窗棂。

⑧ 涕：泪水。潺湲（chán yuán）：水缓慢流动的样子，这里形容泪流不止。轼：古代设在车厢前的横木，供人凭扶。

⑨ 忼慨（kāng kǎi）：激昂，愤慨。

⑩ 瞀（mào）乱：心中烦乱。

⑪ 怦怦（pēng）：心急，心动的样子。

【译文】

悲愁窘迫啊独自处在这空虚寂寞之地,有一位美人啊心中不悦。远离故土家园啊成为异乡异客,远去漂泊啊如今还要去哪里?一心思念君王啊不能改变,君王不知啊又该如何?蓄满哀怨啊积满忧虑,心中烦忧愁闷啊饭也不想吃。希望一见啊倾诉我的心与意,但是君王的心思啊却和我完全不同。驾好马车啊离去又返回,不能看见君王啊我心伤悲。背倚着车厢啊长长地叹息,泪流不止啊沾湿了车轼。愤慨决绝啊又不能够,心中昏乱啊心神迷惑。自我哀怜啊哪有终极,忧心忡忡啊诚恳而忠直。

皇天平分四时兮①,窃独悲此廪秋②。白露既下百草兮,奄离披此梧楸③。去白日之昭昭兮,袭长夜之悠悠。离芳蔼之方壮兮④,余萎约而悲愁⑤。秋既先戒以白露兮,冬又申之以严霜。收恢台之孟夏兮⑥,然欿傺而沉藏⑦。叶菸邑而无色兮⑧,枝烦挐而交横⑨;颜淫溢而将罢兮⑩,柯彷佛而萎黄⑪;萷櫹椮之可哀兮⑫,形销铄而瘀伤⑬。惟其纷糅而将落兮⑭,恨其失时而无当⑮。擥騑辔而下节兮⑯,聊逍遥以相佯⑰。岁忽忽而遒尽兮⑱,恐余寿之弗将。悼余生之不时兮,逢此世之俇攘⑲。澹容与而独倚兮⑳,蟋蟀鸣此西堂。心怵惕而震荡兮㉑,何所忧之多方!卬明月而太息兮㉒,步列星而极明㉓。

【注释】

① 皇天:对天的尊称。

② 窃(qiè):谦词,私下,私自。廪秋:寒冷的秋天。廪,通“凛”,寒冷的意思。

③ 奄(yǎn):忽然,突然。离披:形容树叶凋落,树叶分散,枯萎的样子。梧楸(qiū):梧桐与楸树。

④ 芳蔼:芳香而繁荣的样子。

⑤ 萎约：枯萎而衰败。

⑥ 恢台：旺盛、广大的样子。

⑦ 然：这里为句首发语词。欿傺(kǎn chì)：停止，此指草木繁盛的样子停止了。

⑧ 菸(yū)邑：因枯萎而黯淡的样子。

⑨ 烦挐(rú)：交错而纷乱的样子。

⑩ 颜：形貌。淫溢：逐渐浸染的样子。罢(pí)：通"疲"，疲劳的意思。

⑪ 柯：枝条。彷彿：亦作"仿佛"，指模糊，不鲜明的样子。

⑫ 萷(shāo)：树枝的末端，树梢。橚椮(xiāo sēn)：枝叶光秃秃的样子。

⑬ 销铄：憔悴，枯槁的样子。瘀(yū)伤：郁积成病。瘀，气血瘀积。

⑭ 惟：思。纷糅：这里指枯枝败草相杂的样子。

⑮ 恨：遗恨。当(dāng)：遇到。

⑯ 擥：同"揽"，抓住。騑(fēi)辔：指马缰绳。騑，即骖马，古代一车四马，两侧的马。辔，缰绳。下节：扣紧马的缰绳，使马慢行。

⑰ 相佯：亦作"相羊""相徉"，徘徊之意。

⑱ 忽忽：形容时间过得很快，时光飞逝。遒(qiú)尽：快到了尽头。遒，迫近。

⑲ 恇(kuāng)攘：纷扰不安。

⑳ 澹(dàn)：恬淡，淡泊之意。容与：徘徊不前的样子。倚：凭借，依靠。

㉑ 怵(chù)惕：惊惧的样子。震荡：心神震动的样子。

㉒ 卬(yǎng)：通"仰"，仰望。

㉓ 步：行走。列星：夜空中定时出现的恒星。

【译文】

上天把一年平分为四个季节啊，我却独为这轻寒的秋天黯然神伤。白露已经降下沾染在百草之上啊，枯黄的树叶忽然间飘离梧桐和楸树的枝头。离开了光明的白日啊，继之以黑暗的漫漫长夜。刚刚告别了芬芳繁荣的壮年啊，步入枯萎衰败，令我悲愁。秋天已经先用白露来警示人们寒冷的到来啊，冬天又加上重重寒霜。盛夏草木繁盛的景象都已不见啊，万物的勃勃生机也都深深收尽。枝叶枯萎黯淡没有光泽啊，枝条纷乱交错；草木渐渐黯淡将要凋零啊，枝干枯黄就要凋零；树梢光秃让人感到悲哀啊，外形枯萎里面似有瘀伤。想到这些草木纷乱即将凋落啊，怅惘遗憾错失了良机。扣紧马的缰绳，让马慢行啊，暂且逍遥徘徊。岁月匆匆生命将尽啊，恐怕我的寿命也难以久长。哀叹我生不逢时啊，恰逢这世道纷扰。漫步徐行独倚栏杆啊，倾听蟋蟀在那西堂哀鸣。心中惊惧而忐忑不安啊，为何百般忧伤萦绕不止！仰望明月我长长叹息啊，在星光下不断徘徊一直到天明。

窃悲夫蕙华之曾敷兮①，纷旖旎乎都房②。何曾华之无实兮，从风雨而飞飏③。以为君独服此蕙兮，羌无以异于众芳。闵奇思之不通兮④，将去君而高翔。心闵怜之惨悽兮，愿一见而有明。重无怨而生离兮⑤，中结轸而增伤⑥。岂不郁陶而思君兮⑦？君之门以九重⑧。猛犬狺狺而迎吠兮⑨，关梁闭而不通⑩。皇天淫溢而秋霖兮⑪，后土何时而得漧⑫！块独守此无泽兮⑬，仰浮云而永叹。

【注释】

① 蕙华：蕙草的花。华，通“花”。曾（céng）：通“层”，重重。敷：开放。

② 旖旎（yǐ nǐ）：这里指花盛多美好的样子。都：华美，美盛。

③ 飞飏（yáng）：通“飞扬”，飘扬。

④ 闵：哀伤，怜悯。后多写作“悯”。

⑤ 重：念，思考。无怨：指所说所做无可埋怨。生离：生生隔离，意指被弃。

⑥ 结轸（zhěn）：愁思郁结的样子。

⑦ 郁陶：形容忧思积聚的样子。

⑧ 九重：旧说天子之门有九重，在这里比喻君门深邃难进。

⑨ 狺狺（yín）：犬吠的声音。

⑩ 关梁：关隘和桥梁。

⑪ 淫溢：指久雨不止。秋霖：秋日之雨。

⑫ 后土：本指土神，这里指土地，大地。漧（gān）：通"干"，干燥。

⑬ 块：孤独，孑然一身。无泽：即"芜泽"，杂草丛生的沼泽。

【译文】

我暗自悲叹那重重开放的蕙花啊，繁盛娇艳开遍了华美的宫殿。为何花朵累累却没有果实啊，随着风雨四处飞扬飘落。原以为君王只爱佩戴这蕙花啊，谁知在他眼中却与其他的花儿无异。忧伤的是奇思难以通达于君王啊，我将要离开君王远走高飞。心中多么悲哀凄凉啊，希望能够亲见君王一面诉说衷肠。念自己所说所做并无可埋怨之外，然而却要与君王生生隔离啊，愁思郁结更加悲伤。忧思难解岂能不思念君王？无奈君门幽深重重。猛犬相迎面向我狂叫啊，关塞和桥梁都阻塞不通。上天降下绵绵的秋雨啊，大地何时才能变干！孤独地守在这杂草丛生的沼泽啊，仰望浮云对天长声哀叹。

何时俗之工巧兮，背绳墨而改错[①]！却骐骥而不乘兮[②]，策驽骀而取路[③]。当世岂无骐骥兮，诚莫之能善御。见执辔者非其人兮，故驹跳而远去[④]。凫雁皆唼夫粱藻兮[⑤]，凤愈飘翔而高举[⑥]。圜凿而方枘兮[⑦]，吾固知其钼铻而难入[⑧]。众鸟皆有所登栖兮，凤独遑遑而无所集[⑨]。愿衔枚而无言兮[⑩]，尝被君之渥洽[⑪]。太公九十乃显荣兮[⑫]，诚未遇其匹合。谓骐骥兮安归？谓凤皇兮安栖？变古易俗兮世衰，今之相者兮举肥[⑬]。骐骥伏匿而不见兮，凤皇高飞而不下。鸟兽犹知怀德兮，何云贤士之不处[⑭]？骥不骤进而求服兮[⑮]，凤亦不贪餧而妄食[⑯]。君弃远而不察兮，虽愿忠其焉得？欲寂漠而绝端兮，窃不敢忘初之厚德。独悲愁其伤人兮，冯郁郁其何极[⑰]！霜露惨悽而交下兮，心尚幸其弗济[⑱]。霰雪雰糅其增加兮[⑲]，乃知遭命之将至。愿徼幸而有待兮[20]，泊莽莽与壄草同死[21]。愿自往而径游兮，路壅绝而不通[22]。欲循道而平驱兮，又未知其所从。然中路而迷惑兮，自压桉而学诵[23]。性愚陋以褊浅兮[24]，信未达乎从容[25]。

【注释】

① 绳墨：本指木工画直线时用的工具，这里比喻规则、法度。

② 骐骥：骏马，这里比喻贤能之士。

③ 策：本义是马鞭，这里是驾驭的意思。驽骀（nú tāi）：驽马，劣马，比喻平庸之人。

④ 跼（jú）跳：跳，跳跃。

⑤ 凫雁：野鸭和大雁。唼（shà）：水鸟或鱼吃东西。粱：高粱，粟米。藻：指藻类植物，低等植物。

⑥ 高举：高飞远去，比喻隐居遁世。

⑦ 圜：同"圆"。凿：指榫孔。枘（ruì）：指榫头。

⑧ 钽铻（jǔ yǔ）：亦作"钽吾"，相互抵触，彼此不相合。

⑨ 遑遑：匆忙不定的样子。这里形容凤凰无处可栖，凄惶不安的样子。集：鸟栖息在树上。

⑩ 衔枚：古代行军时，在口中衔一根短的木棍，以防喧哗或出声。这里比喻闭口不言。枚，衔在口中的短木棍。

⑪ 被：蒙受。渥（wò）洽：深厚之恩。

⑫ 太公：即姜太公吕尚。

⑬ 相（xiàng）：仔细察看。举肥：古人选择马匹时只选肥壮的。这里具有讽刺统治者的意味。

⑭ 处（chǔ）：留下。

⑮ 骤进：快速地前进。服：驾车，拉车。

⑯ 餧（wèi）：喂。妄：胡乱。

⑰ 冯：通"凭"，满心愤懑。

⑱ 㚔：同“幸”，希望的意思。济：成就，成功。

⑲ 霰（xiàn）：小雪珠。雰（fēn）：雪纷纷扬扬的样子。糅：杂糅，混杂。

⑳ 儌（jiǎo）幸：即“侥幸”，希望通过意外或者由于偶然的原因而得到成功，或者逃脱灾难。

㉑ 泊（bó）：停留。莽莽：草木繁茂的样子。壄：同“野”。

㉒ 壅（yōng）绝：阻塞，断绝。

㉓ 压：克制，压制。桉（àn）：通“按”，抑制。学诵：学习诵诗。

㉔ 褊（biǎn）浅：狭隘短浅。褊，原指衣服小，后泛指小。

㉕ 达：通达，通晓。从容：举止，行为。

【译文】

为何时下的风气是善于投机取巧啊，违背法规制度并且改变正确的举措！拒绝千里骏马而不用啊，却驾着劣马上路。世上难道真的没有千里马吗，实在是因为无人能够驾驭。千里马看见拿缰绳的人不合适啊，就会飞奔远去。野鸭和大雁吃着粟米水藻啊，凤凰却飘飞远去。圆形的榫孔却配上方形的榫头啊，我本来就知道二者相互抵触不相合而难以插入。群鸟都有了栖身之地啊，只有凤凰凄惶不安无处可栖。但愿我衔枚而闭口不言啊，但又难忘君王对我的深厚恩泽。姜太公到了九十岁才显贵荣耀啊，实在是因为未遇到圣君明主。千里马啊应该归宿在哪里？凤凰啊应该栖息在何地？改变古风遗俗啊世道日渐衰微，如今的相马人啊只看马的肥壮来选择良驹。真正的骏马都隐藏起来而不出现啊，凤凰都高高飞翔而不肯落下。鸟兽尚且知道怀德报恩啊，为什么说贤能之士不肯留下？千里骏马不会为了急速前进而驾车啊，凤凰也不会贪图喂食而乱吃东西。君王疏远贤能之士而不能明察啊，贤能之士即使希望尽忠又如何能够实现？想要安静无声地断绝关系啊，私下里又不敢忘记当初的厚德。独自悲愁让人伤心啊，满腔愤懑，满腹忧愁，哪里有终极！霜露交加多么悲惨凄凉啊，心中还希望它们不会成功。雪珠雪花纷杂越下越大啊，才知道遭受的厄运即将降临。想要心存侥幸有所等待啊，却与无边无际的野草一同枯败死亡。希望径自前去面见君王啊，道路却堵塞断绝难以通行。想要沿着大路平稳地驱驰啊，却又不知道要去往哪里。走到中途心中迷惑啊，强制压抑情感而吟诵诗歌。本性愚笨浅陋而又肤浅啊，实在不知道该如何行事。

窃美申包胥之气盛兮[①]，恐时世之不固。何时俗之工巧兮？灭规矩而改凿[②]。独耿介而不随兮，愿慕先圣之遗教。处浊世而显荣兮[③]，非余心之所乐。与其无义而有名兮，宁穷处而守高[④]。食不媮而为饱兮[⑤]，衣不苟而为温[⑥]。窃慕诗人之遗风兮[⑦]，愿托志乎素餐[⑧]。蹇充倔而无端兮[⑨]，泊莽莽而无垠[⑩]。无衣裘以御冬兮，恐溘死不得见乎阳春[⑪]。

【注释】

① 窃美：暗自赞美。美，赞美之意。申包胥：春秋时的楚国大夫，而在秦国朝堂之上痛哭七天七夜，终于感动秦哀公出兵救楚。

② 规矩：画圆形和方形的工具，这里比喻法规制度。凿：当作“错”。错，通“措”，措施，方法。

③ 显荣：显赫荣耀。

④ 穷处(chǔ)：穷，处境艰难之意。处，居。高：清高。

⑤ 媮(tōu)：通“偷”，苟且之意。

⑥ 苟：随便。

⑦ 诗人：指前代的先贤圣哲。遗风：前人遗留下来的风俗教化。

⑧ 素餐：俭朴的饮食，粗茶淡饭。

⑨ 蹇：通“謇”，句首发语词。充倔：堵塞断绝。

⑩ 泊莽莽：没有边际，无边无际。

⑪ 溘(kè)：忽然，突然。

【译文】

私下里赞美申包胥的爱国气概啊，却担心时世和那时不相同。为何时下的风气是善于投机取巧，毁弃规矩改变法度。唯独我光明正大而不随波逐流啊，愿意取法先代圣贤的遗则。身处乱世而得到显贵荣耀啊，这不是我所追求的事。与其没有道义徒有虚名啊，我宁可身处艰难境地而独守清高。不能苟且求食，果腹就行啊，不能苟且索衣，穿暖就可。私下里追慕诗人的遗风啊，愿在粗茶淡饭中寄托志向。媒理断绝没有因缘啊，就像荒野无边无际。没有皮衣来抵御寒冷的冬天啊，恐怕会突然死去看不见明媚的春光。

靓杪秋之遥夜兮①，心缭悷而有哀②。春秋逴逴而日高兮③，然惆怅而自悲④。四时递来而卒岁兮⑤，阴阳不可与俪偕⑥。白日晼晚其将入兮⑦，明月销铄而减毁⑧。岁忽忽而遒尽兮⑨，老冉冉而愈弛⑩。心摇悦而日幸兮⑪，然怊怅而无冀⑫。中憯恻之悽怆兮⑬，长太息而增欷⑭。年洋洋以日往兮⑮，老嵺廓而无处⑯。事亹亹而觊进兮⑰，蹇淹留而踌躇。

【注释】

① 靓(jìng)：通“静”，安静。杪(miǎo)秋：秋之末尾，晚秋。杪，树的末端。

② 缭悷(lì)：缠绕郁结的样子。

③ 春秋：指时间，岁月。逴逴(chuō)：走得越来越远的样子。高：亦指时光流逝。

④ 然：句首发语词。

⑤ 递(dì)：通“遞”，更替，轮流。

⑥ 俪(lì)偕：并，一同，一起。

⑦ 晼(wǎn)晚：太阳即将落山的样子。

⑧ 销铄(shuò)：亏缺，损耗。

⑨ 遒(qiú)尽：迫于尽头，终了，结束。

⑩ 弛：同“驰”，松弛，形容精力疲惫。

⑪ 摇悦：心旌摇荡。奔：通“幸”。

⑫ 怊（chāo）怅：惆怅失意的样子。

⑬ 憯（cǎn）恻：悲哀，惨痛。悽怆：凄惨，悲怆。

⑭ 欷（xī）：叹息。

⑮ 洋洋：形容岁月流逝的样子。

⑯ 廖（liáo）廓：通“寥廓”，空虚，辽阔。

⑰ 亹亹（wěi）：行进不止的样子。觊（jì）：希望。

【译文】

寂静的晚秋漫漫的长夜啊，心中烦忧缠绕郁结，无限伤悲。岁月匆匆，年龄渐老啊，令人失意怅惘自感悲伤。四季更替，一年将尽啊，太阳与月亮不能同时出现。太阳朦胧晦暗将要西沉啊，月亮亏缺而清辉消减。一年匆匆将要过去啊，老境渐至，而身心疲惫。心旌摇荡怀着侥幸心理等待啊，但最终却惆怅忧虑而失去希望。心中惨恻而凄惨悲怆啊，长吁短叹只是徒增伤悲。时光匆匆一天天在流逝啊，如今年老空虚却无处寄身。事情行进不止，盼望着有所进展啊，但停滞不前独自彷徨。

何氾滥之浮云兮[①]，猋壅蔽此明月[②]！忠昭昭而愿见兮[③]，然露曀而莫达[④]。愿皓日之显行兮[⑤]，云蒙蒙而蔽之[⑥]。窃不自聊而愿忠兮[⑦]，或默点而污之[⑧]。尧舜之抗行兮[⑨]，瞭冥冥而薄天[⑩]。何险巇之嫉妒兮[⑪]，被以不慈之伪名[⑫]？彼日月之照明兮，尚黯黮而有瑕[⑬]。何况一国之事兮，亦多端而胶加[⑭]。

【注释】

① 氾滥：即“泛滥”，形容浮云很多，层层涌现的样子。

② 猋（biāo）：犬奔貌的样子，这里比喻云浮动很快的样子。

③ 见：通“现”，显露，剖白。

④ 露（yīn）：通“阴”，乌云遮日。曀（yì）：天阴而有风。

⑤ 皓日：明亮的太阳，此喻君主。显行：荣耀地运行。

⑥ 蒙蒙：形容晦暗、模糊的样子。

⑦ 聊：通“料”，考虑，估计。

⑧ 黕（dǎn）点：污点。

⑨ 抗行：高尚的德行。

⑩ 瞭（liǎo）：明亮的意思。冥冥：形容高远的样子。薄：迫近，靠近。

⑪ 险巇（xī）：险恶，这里指阴险的小人。

⑫ 被（pī）：加之于身。

⑬ 黯黮（àn dǎn）：昏黑暗淡的样子。瑕：瑕疵，斑点。

⑭ 胶（jiāo）加：纠缠不清，缠绕无绪。

【译文】

为什么浮云漫天滚滚啊，疾速飘移把明月遮掩！忠心耿耿愿意显露啊，然而乌云蔽日，阴风怒号，难以达成。希望红日朗朗光照大地啊，云雾蒙蒙把它遮蔽。私下里自不量力，一心效忠啊，却有人诽谤污蔑。唐尧和虞舜的品德行为高尚啊，明亮高远直冲云霄。为何遭到阴险的小人嫉妒啊，让他们蒙受不慈的冤名难以昭雪？太阳和月亮照耀着大地啊，尚且有黯淡和出现斑点之时。何况一个国家的政事啊，更是错综复杂、纠缠不清。

被荷裯之晏晏兮①，然潢洋而不可带②。既骄美而伐武兮③，负左右之耿介④。憎愠惀之修美兮⑤，好夫人之慷慨⑥。众踥蹀而日进兮⑦，美超远而逾迈⑧。农夫辍耕而容与兮，恐田野之芜秽⑨。事绵绵而多私兮⑩，窃悼后之危败。世雷同而炫曜兮⑪，何毁誉之昧昧⑫！今修饰而窥镜兮⑬，后尚可以窜藏⑭。愿寄言夫流星兮，羌儵忽而难当⑮。卒壅蔽此浮云兮，下暗漠而无光。尧舜皆有所举任兮，故高枕而自适。谅无怨于天下兮，心焉取此怵惕⑯？乘骐骥之浏浏兮⑰，驭安用夫强策⑱？谅城郭之不足恃兮⑲，虽重介之何益⑳？遭翼翼而无终兮㉑，忳惛惛愁约㉒。生天地之若过兮㉓，功不成而无效。愿沉滞而不见兮㉔，尚欲布名乎天下[25]。然潢洋而不遇兮[26],直怐愗而自苦[27]。莽洋洋而无极兮[28],忽翱翔之焉薄?国有骥而不知椉兮,焉皇皇而更索[29]?宁戚讴于车下兮[30],桓公闻而知之。无伯乐之善相兮[31],今谁使乎誉之。罔流涕以聊虑兮[32],惟著意而得之[33]。纷纯纯之愿忠兮[34],妒被离而鄣之[35]。

【注释】

① 荷:即莲花。裯(dāo):贴身短衣,短衫。晏晏(yàn):色盛可观,美艳轻柔的样子。

② 潢洋:这里指衣服宽大、空空荡荡不贴身的样子。

③ 骄美:自认为有美德。伐:自夸。

④ 负:依仗,凭借。左右:近侍,侍从。耿介:明亮的甲胄,引申为雄武。

⑤ 愠惀(yùn lún):忠诚而不善于表达的样子。

⑥ 夫:发语词,那些。慷慨:巧言令色,大言不惭。

⑦ 踥蹀(qiè dié):小步趋进的样子。

⑧ 美:具有美德之人,贤德之人。超远:引身远去,疏远。逾(yú)迈:愈走愈远。

⑨ 芜秽:土地荒芜,杂草丛生。

⑩ 绵绵:微细,连续不断的样子。

⑪ 雷同:比喻随声附和,众口一词。炫曜(yào):夸耀,吹嘘。

⑫ 昧昧:昏暗,模糊不清的样子,比喻是非不明。

⑬ 修饰:梳妆打扮。

⑭ 窜(cuàn)藏:隐匿,躲藏。

⑮ 羌:句首发语词。当:值。

⑯ 怵惕:惊惧的样子。

⑰ 椉:通"乘"。浏浏:水流清澈的样子。这里指骏马奔驰顺畅无阻。

⑱ 驭(yù):驾驭。策:驱马的鞭子。

⑲ 城郭:这里指城墙。城,指内城。郭,外城。

⑳ 重介：厚重的盔甲。

㉑ 邅（zhān）：难于行走，回旋不前。翼翼：小心谨慎的样子。

㉒ 忳（tún）：忧愁，郁闷。惛惛（hūn）：神志昏沉不清。愁约：穷困悲愁。

㉓ 若过：如白驹过隙。

㉔ 沉滞：这里指隐退。

㉕ 布名：扬名。天下：古时指中国。

㉖ 潢洋：形容命运不济，无所遇合。

㉗ 怐愗（kòu mào）：亦作“怐瞀”，愚昧无知，愚钝。

㉘ 莽洋洋：形容荒野苍莽辽阔的样子。

㉙ 皇皇：即“惶惶”，匆匆忙忙的样子。

㉚ 宁戚：春秋时卫国人，最初只是一个小商人。后遇齐桓公，便在车下喂牛，边敲牛角，边唱歌。桓公以之为高人，后成为齐国大夫。讴：唱歌。

㉛ 伯乐：春秋时秦国人，以相马著称。

㉜ 罔：通“惘”，忧愁，怅惘。聊虑：暂且思索。

㉝ 著（zhuó）意：用心，集中注意力。

㉞ 纯纯：形容诚恳、真挚的样子。

㉟ 被离：通“披离”，纷乱杂沓的样子。鄣（zhàng）：通“障”，阻隔，障碍。

【译文】

披着荷叶短衣美艳而轻柔啊，但是太宽太松不能结束腰带。自我夸耀美德和自矜武功啊，依仗着貌似雄武的侍臣。憎恨忠诚之士的美好品格啊，喜好奸邪小人的虚夸之词。那些小人竞相钻营争求仕进啊，贤能之人引身远去愈走愈远。农民们停止耕种而自在闲散啊，恐怕田地即将荒芜。事情琐碎连连而又充满私欲啊，暗自担心之后的危险和衰败。世人随声附和众口一词相互夸耀啊，诋毁和称赞的界限是如此模糊不清！如今梳妆打扮照照镜子啊，今后还可能藏身而脱离危险。想托那天上的流星传话给君王啊，但它却飞速地掠过难以遇上。终于被天上的浮云所遮蔽啊，世间晦暗而没有光亮。尧虞皆能选拔任用贤能之人啊，所以高枕无忧自适安然。确实没有受到天下人的埋怨啊，心中哪里会忧惧？乘着骏马如同清澈的流水一般畅快地奔驰啊，驾驭之道哪里需要使用强鞭？高大的城墙实在不足依靠啊，即使穿上厚重的铠甲又有何用？小心谨慎地前行却始终看不到尽头啊，忧愁郁闷萦绕于心，神志昏昏感到穷困悲愁。出生于这天地之间就如同白驹过隙啊，功业未成志向不遂。想要隐居起来而不问世事啊，还想将声名远播于世间。然而命运不济，无所遇合啊，只是愚昧而自讨苦吃。渺茫一片没有边际啊，四处飞翔又将在哪里停留？国有千里骏马却不知道驾驭啊，为何匆匆又去别处索求？宁戚在车下唱歌啊，齐桓公听到便知道他非凡的才能。没有伯乐的相马之能啊，如今谁又能辨别？怅惘流泪暂且思量啊，用心访求才能得贤能之士。满怀真挚之情，愿意效忠君王啊，偏有奸邪嫉妒来阻挡。

愿赐不肖之躯而别离兮①，放游志乎云中。乘精气之抟抟兮②，骛诸神之湛湛③。骖白霓之习习兮④，历群灵之丰丰⑤。左朱雀之茇茇兮⑥，右苍龙之躍躍⑦。属雷师之阗阗兮⑧，通飞廉之衙衙⑨。前轻辌之锵锵兮⑩，后辎乘之从从⑪。载云旗之委蛇兮，扈屯骑之容容⑫。计专专之不可化兮，愿遂推而为臧⑬。赖皇天之厚德兮，还及君之无恙⑭。

【注释】

① 不肖：自谦之词。

② 精气：阴阳之气。抟抟（tuán）：凝聚如团的样子。

③ 骛（wù）：追逐。湛湛：众多的样子。

④ 霓：彩虹外侧色泽较暗的部分。习习：形容快速飞动的样子。

⑤ 群灵：群神。丰丰：众多的样子。

⑥ 朱雀：古代传说中的祥瑞动物，“四灵”之一。茇茇（pèi）：飞翔轻

快的样子。

⑦ 苍龙：古代传说中的祥瑞动物，“四灵”之一。躣躣（qú）：蜿蜒前进的样子。

⑧ 属（zhǔ）：连接，接着。阗阗（tián）：敲鼓的声音，这里指雷声。

⑨ 通：当作“道”，开路。衙衙（yú）：向前行走的样子。

⑩ 轾（zhì）：车顶前倾的样子。辌（liáng）：古代一种轻型的马车。锵锵：此指车铃的声音。

⑪ 辎（zī）椉：载重的重型马车。椉，同“乘”，后亦泛指车辆。从从：车铃的声音。

⑫ 扈（hù）：随从，侍从。屯骑（jì）：汇集的车骑。屯，汇集，聚集。容容：形容车骑众多，场面盛大。

⑬ 臧（zāng）：善，美。

⑭ 无恙：没有祸患。恙，有忧患、祸患之意。

【译文】

请君王赐我离开而远去啊，我将放任我的志向于江湖云水之中。乘着日月的一团团精气啊，追随着众神灵飞向那苍穹。驾着那白虹飞去啊，经过众神的仙宫。左边有朱雀翩翩起舞啊，右边有苍龙蜿蜒翻动。雷师跟着把鼓敲响啊，风伯在前面扫尘把道路开辟。前面有轻车锵锵作响啊，后有辎重车响声隆隆。载着云旗舒卷飘扬啊，随从车骑前呼后拥。我一心忠君不可更改啊，但愿能推广并且成为美好的品行。依仗着上天的深厚恩德啊，待回来之时还能看见楚君吉祥无灾。

招 魂

【题解】

关于《招魂》的作者,从古至今一直在争论不休。总结起来,主要有两种说法:一是宋玉。持此种观点的有汉代王逸、梁代萧统、唐人李善、李周翰、宋人朱熹、明人陈第、陆时雍、周拱辰,以及清人王夫之。二是屈原。持此种观点的有汉代司马迁、明人黄文焕、清人林云铭、今人游国恩等。就本篇的写作内容与风格而言,本书则倾向于第二种说法。

另外一个争议颇多的问题就是本篇中招魂的对象。概括起来主要有以下几种说法:屈原自招其魂;屈原招楚怀王之魂;宋玉招屈原之魂;宋玉招楚襄王之魂等,不再一一赘述。本书本着以事实为基础与论据为佐证的原则,则更倾向于屈原招怀王之魂这一说法,它应当创作于屈原任三闾大夫期间。

《招魂》共分为三个部分:序引,招魂辞和乱辞,结构精密,辞藻华丽,想象丰富,被后人誉为楚辞中仅次于《离骚》的长篇优秀作品。全篇"凄入肝脾,哀感顽艳"(繁钦《与魏文帝笺》),对后世文学产生了巨大的影响。尤其是其中铺叙的运用、铺张的风格对汉代及以后的辞赋乃至诗文创作的影响至深至远。

朕幼清以廉洁兮①,身服义而未沫②。主此盛德兮③,牵于俗而芜秽④。上无所考此盛德兮,长离殃而愁苦。帝告巫阳曰⑤:"有人在下⑥,我欲辅之⑦。魂魄离散⑧,汝筮予之⑨!"巫阳对曰:"掌梦⑩。上帝其难从。""若必筮予之⑪,恐后之谢,不能复用巫阳焉。"

【注释】

① 朕：我，作者自指。清：清白。廉洁：不贪财物，行为正派、高洁。王逸云："不求曰清，不受曰廉，不污曰洁。"

② 服：践行，实行。沬（mèi）：微暗，引申为消减。

③ 主：固守，持。盛德：高尚的美德、德行。

④ 牵：牵引，牵制。芜秽：田地中杂草丛生曰芜秽，这里比喻污浊黑暗的社会现实。

⑤ 帝：天帝。巫阳：叫作阳的女巫，神话传说中的神医。

⑥ 有人：此指贤德之人。在下：在人世。

⑦ 辅：辅佐，帮助。

⑧ 魂魄：古人想象的一种脱离肉体而独立存在的精神。

⑨ 筮（shì）：用筮草进行占卜。予：给予，这里指令魂魄返回其肉体。

⑩ 掌梦：掌梦之官。掌，指主管。

⑪ 若：你，指巫阳。

【译文】

我从小就清白廉洁无私啊，亲身行此道义而从未有所消减。我固守着这种高尚的德行啊，却被污浊世俗所牵制，而被埋没。君王不能明察这种高尚的德行呀，让我长久地遭受祸患而愁苦。天帝诏告巫阳："有一位贤能的人在下界，我打算要辅佐他。他的魂魄就要离开飘散，你用筮草为他占卜，让他的魂魄返回肉身！"巫阳回答："这是掌梦之官的职责，天帝您的命令我实在难以遵从。""你必须要占卜让他还魂，恐怕晚了魂魄就要消散，再用你巫阳也没有用了。"

乃下招曰：魂兮归来！去君之恒干[①]，何为四方些[②]？舍君之乐处，而离彼不祥些！魂兮归来！东方不可以托些。长人千仞[③]，惟魂是索些。十日代出，流金铄石些[④]。彼皆习之，魂往必释些。归来兮！不可以托些。魂兮归来！南方不可以止些。雕题黑齿[⑤]，得人肉以祀，以其骨为醢些[⑥]。蝮蛇蓁蓁[⑦]，封狐千里些[⑧]。雄虺九首[9]，往来倏忽，吞人以益其心些。归来兮！不可以久淫些[10]。魂兮归来！西方之害，流沙千里些。旋入雷渊[11]，爢散而不可止些[12]。幸而得脱，其外旷宇些[13]。赤蚁若象[14]，玄蜂若壶些[15]。五谷不生[16]，藂菅是食些[17]。其土烂人，求水无所得些。彷徉无所倚，广大无所极些。归来兮！恐自遗贼些。魂兮归来！北方不可以止些。增冰峨峨[18]，飞雪千里些。归来兮！不可以久些。魂兮归来！君无上天些。虎豹九关，啄害下人些[19]。一夫九首，拔木九千些。豺狼从目[20]，往来侁侁些[21]；悬人以娭[22]，投之深渊些。致命于帝[23]，然后得瞑些[24]。归来！往恐危身些。魂兮归来！君无下此幽都些[25]。土伯九约[26]，其角觺觺些[27]。敦脄血拇[28]，逐人駓駓些[29]。参目虎首[30]，其身若牛些。此皆甘人[31]，归来！恐自遗灾些。魂兮归来！入修门些[32]。工祝招君[33]，背行先些[34]。秦篝齐缕[35]，郑绵络些。招具该备，永啸呼些。魂兮归来！反故居些[36]。

【注释】

① 去：离开。恒干：魂魄所寄托的躯体。恒，常。干，躯体。

② 四方：远至四方。些（suò）：楚地方言，语气助词，通常用于句末，相当于"兮""焉""矣"等。

③ 长人：即巨人，神话传说中在东方的巨人族。仞（rèn）：古代计量单位，周制八尺，汉制七尺，东汉末为五尺六寸。

④ 金：金属的总称。铄（shuò）：销熔，熔化。

⑤ 雕题：古代南方雕额文身的部族。雕，雕画。题，额头。黑齿：古代南方将牙齿染黑的部族。

⑥ 醢（hǎi）：肉酱。这里指一种杀人以祭祀的风俗，"得人肉以祀，以其骨为醢"。

⑦ 蓁蓁（zhēn）：形容积聚的样子。

⑧ 封狐：大的狐狸。

⑨ 虺（huǐ）：一种蛇。

⑩ 淫：游。

⑪ 旋（xuàn）：旋入，卷入。雷渊：古代水名。

⑫ 靡（mí）散：粉碎飘散。靡，碎。

⑬ 旷宇：空阔广大的荒野。旷，空旷。宇，荒野。

⑭ 蚁：蚂蚁。

⑮ 玄蜂：即土蜂。

⑯ 五谷：古代指五种谷物，说法不一。后通指谷物。

⑰ 藂（cóng）：通"丛"，草木丛生。菅（jiān）：一种野草，茎可编织。

⑱ 增冰：层层积累的冰块。增，通"层"。峨峨：形容高高耸立的样子。

⑲ 啄害：啄食、祸害。啄，鸟用喙取食，这里指一般动物的咬食。

⑳ 从目：竖起眼睛。从，通"纵"。

㉑ 侁侁（shēn）：往来的声音，这里指众多的样子。

㉒ 娭（xī）：通"嬉"，玩耍。

㉓ 致命：回复命令。致，传达，回复。帝：天帝。

㉔ 瞑（míng）：闭上眼睛。

㉕ 幽都：这里指阴间地府。

㉖ 土伯：土地神。九约：九屈。约，屈。

㉗ 觺觺（yí）：形容角尖锐，锐利的样子。

㉘ 敦脄（méi）：厚实的背脊。敦，厚实。拇：大拇指。

㉙ 駓駓（pī）：疾走的样子。

㉚ 参（sān）目：三只眼睛。参，通"三"。

㉛ 甘人：以人肉为美味。甘，美味。

㉜ 修门：高大的城门，这里指楚国郢都的城门。

㉝ 工祝：工巧的男巫。工，巧。祝，男巫。

㉞ 背行先：背向前方，倒退而行，为魂魄作引导。

㉟ "秦篝（gōu）"以下两句：篝、缕、绵络（luò），都是招魂时所用的工具。秦篝，秦国出产的竹笼。齐缕，齐地出产的丝线。郑绵络，郑地出产的丝棉织物，缀于竿头，作为招魂的灵幡。

㊱ 反：通"返"，返回。

【译文】

巫阳于是降至凡间招魂说：灵魂啊归来吧！你的躯体为何要离开而四处游荡？舍弃你的乐土，却遭受那些不祥的灾祸！灵魂啊归来吧！东方不是你的寄托之处啊。巨人族高达千仞，他们只索要人的灵魂啊。十个太阳轮流出现在天空，金属石头都能销熔啊。它们都已习惯如此，而灵魂一旦到来，必然消散啊。归来吧！那里不是寄托之处啊。灵魂啊归来吧！南方也不可以停留。那里有雕额文身的部族和将牙齿染黑的部族，他以人肉来祭祀，把人的骨头做成肉酱啊。毒蛇丛聚，巨狐遍地千里啊。雄蛇有九个头颅，来去在倏忽之间，它们吃人来满足自己的贪欲啊。归来吧！不要长时间在那里停留啊。灵魂啊归来吧！西方险恶，有流沙千里啊。卷入雷渊便会被变成碎末，不能停留啊。即使侥幸逃离，外面是空旷的荒野啊。红蚁如大象一样，土蜂大得如同葫芦啊。谷物不能生长，只能以丛生的茅草为食啊。这里的土地热得能将人蒸烂，水却无处可寻啊。徘徊怅惘无所依靠，广阔辽远没有尽头啊。归来吧！恐怕你自己招来祸患啊！灵魂啊归来吧！北方也不可以停留啊！重重冰山高高矗立，大雪纷飞千里弥漫啊。归来吧！不能耽搁得太久了啊。灵魂啊归来吧！不要上天去啊！老虎和豹子把守九重天的关口，吞噬祸害下界的凡人啊。有一个怪物长着九个头，一口气能拔掉树木九千啊。豺狼竖起眼睛，来来往往片刻也不停歇啊；将人悬挂在高处戏弄，然后将他们投到深渊里去啊。向天帝复命，之后才能闭上双眼啊。归来吧！上天去恐怕招来祸患啊！灵魂啊归来吧！不要到幽暗的地府之处啊。那里有九屈的土伯，头上的角尖锐锋利啊。厚实的背脊，血淋淋的拇指，飞速地追着人们啊。还有三只眼睛虎头怪，身体像牛一样强壮啊。这些都以人肉为美食，归来吧！恐怕自己要遭受其害啊！灵魂啊回来吧！从郢都高大的国门进入啊。工巧的男巫为您招魂，背对前方，倒着行走为你引路啊。秦地的竹笼，齐地的丝线，用郑地的丝绵做成灵幡啊。招魂的工具已经齐备，发出长啸啊。灵魂啊归来吧！

返回到你的故土啊！

天地四方，多贼奸些[①]。像设君室[②]，静闲安些。高堂邃宇[③]，槛层轩些[④]。层台累榭[⑤]，临高山些。网户朱缀，刻方连些[⑥]。冬有突厦[⑦]，夏室寒些。川谷径复[⑧]，流潺湲些[⑨]。光风转蕙[⑩]，氾崇兰些[⑪]。经堂入奥[⑫]，朱尘筵些[⑬]。砥室翠翘[⑭]，挂曲琼些[⑮]。翡翠珠被[⑯]，烂齐光些。蒻阿拂壁[⑰]，罗帱张些[⑱]。纂组绮缟[⑲]，结琦璜些[⑳]。室中之观，多珍怪些。兰膏明烛[㉑]，华容备些[㉒]。二八侍宿[㉓]，射递代些[㉔]。九侯淑女[㉕]，多迅众些[㉖]。盛鬋不同制[㉗]，实满宫些。容态好比[㉘]，顺弥代些。弱颜固植[㉙]，謇其有意些[㉚]。姱容修态[㉛]，絙洞房些[㉜]。蛾眉曼睩[㉝]，目腾光些。靡颜腻理[㉞]，遗视矊些[㉟]。离榭修幕[㊱]，侍君之闲些。翡帷翠帐，饰高堂些。红壁沙版[㊲]，玄玉梁些[㊳]。仰观刻桷[㊴]，画龙蛇些。坐堂伏槛，临曲池些[㊵]。芙蓉始发，杂芰荷些[㊶]。紫茎屏风[㊷]，文缘波些[㊸]。文异豹饰[㊹]，侍陂陁些[㊺]。轩辌既低[㊻]，步骑罗些。兰薄户树[㊼]，琼木篱些。魂兮归来！何远为些？

【注释】

① 贼奸：危害，险恶。贼，害。奸，恶。指上文所陈说的恐怖之物。

② 像设：楚地风俗，人死后设其遗像于室内以供祭拜。

③ 邃（suì）宇：深广的屋宇。邃，深。宇，屋。

④ 槛（jiàn）：栏杆。层：多重。轩：有窗的长廊。

⑤ 层台：多层的高台。累榭：累，重。榭，建在台上的房屋。

⑥ 方连：一种方格的装饰图案。

⑦ 突（yào）：通“窔”，深。厦，高大的房屋。

⑧ 径复：指水流曲折流动、回环往复。

⑨ 潺湲（chán yuán）：水缓缓流动的样子。

⑩ 光风：雨后日出而吹起的风。转：摇，摇动。

⑪ 氾：摇动的样子。崇：通"丛"，丛生。

⑫ 奥：室内的西南角，这里指屋子的深处。

⑬ 尘：遮挡灰尘的幕布。筵（yán）：竹席。

⑭ 砥（dǐ）室：用磨平的文石铺砌的屋子。翠翘：翠鸟的羽毛。翘，鸟尾之处的长羽毛。

⑮ 曲琼：弯曲的玉，玉钩。

⑯ 翡翠：一种鸟，嘴长而直，生活在水边，以鱼虾为食。

⑰ 蒻（ruò）：蒲之柔弱者，此指细弱的蒲草。阿（ē）：一种织物，细缯。拂（fú）：这里指装饰。

⑱ 罗：绮罗。帱（chóu）：帷帐，帐子。

⑲ 纂（zuǎn）组：都是丝带一类的东西。纂，赤色带子。绮缟（qǐ gǎo）：精美而有花纹的丝织品。绮，有花纹的丝织物。缟，素绢。

⑳ 琦璜（qí huáng）：都是玉。琦，一种美玉。璜，半圆形的玉璧。

㉑ 兰膏明烛：以兰草制炼成的油脂，做成蜡烛。

㉒ 华容：这里指华美的灯具。

㉓ 二八：二列，以八人为一列，二八十六人。还有一说指十六岁。

㉔ 射（yì）：厌倦。

㉕ 九侯：这里泛指全国各地的诸侯。

㉖ 多迅众：盛多的样子。

㉗ 盛鬋（jiǎn）：女子美盛的鬓发。鬋，鬓发。制：发型的样式。

㉘ 好比：同样的美丽。比，并。

㉙ 弱颜固植：柔弱的外表，坚定的心志。

㉚ 謇（jiǎn）：楚地方言，句首发语词。

㉛ 姱（kuā）容修态：姱容，美丽的容貌。姱，美好。修态，美好的仪态。修，美好。

㉜ 絙（gèng）：通"亘"，绵延之意，此指美丽的侍女周遍于房屋之内。洞房：深邃的内室。

㉝ 蛾眉：如蚕蛾般的眉毛，形容女子的眉毛细长好看。睩（lù）：目

明的样子。

㉞ 靡(mǐ):细致。理:肌理。

㉟ 遗视:流盼,含情而视。遗,窃。矊(mián):目光深长的样子。

㊱ 离榭:离宫的台榭。修幕:又长又高的帷幕。

㊲ 红壁:用红色垩土粉刷四壁。沙版:用丹砂涂抹装饰隔板。沙,通“砂”,丹砂。版,堂宇之间的隔板。

㊳ 玄玉梁:用黑玉装饰房梁。玄,黑色。

㊴ 桷(jué):指椽子。

㊵ 曲池:曲折回绕的水池。

㊶ 芰(jì):菱,菱角。

㊷ 屏风:水葵。

㊸ 文缘波:指水葵生于水中,风起水动,波缘其叶上,生起波纹。即指水葵随着水的波动而摇曳。

㊹ 文异豹饰:以豹皮作为服饰,花纹各有不同。

㊺ 陂陁(bēi tuó):山坡水岸高低不平处。

㊻ 轩辌(liáng):皆指轻型的车。轩,一种曲辕有幡的车。辌,一种卧车。低:停下。

㊼ 薄:草木丛生的样子。

【译文】

天地之间,四面八方,多有残害人的奸佞啊。你的遗像摆放在堂前,清静安闲宁谧啊。堂屋高大,屋宇深邃,栏杆围着层层的轩廊啊。重重高台,层层楼榭,背依高山,居高临下啊。大门镂花漆上红色,其中刻镂着方格的图案啊。冬天有深幽而温暖的内室,夏天有清凉怡人的内室啊。溪流注入山谷曲折往复,水声潺潺啊。雨后微风轻拂,蕙草摇曳,丛丛兰草摇摆不定啊。由正堂进入西南方的内室,内有红色遮尘的竹席啊。平整房间用翠羽来装饰,还有玉钩用来悬挂衣物啊。衾被以翡翠之羽和珠玉来装饰,灿烂夺目啊。柔软的细缯装饰着墙壁,绮纱之帐就设置其中啊。用不同的丝带、有花纹的丝织物,素绢连缀结起美玉和玉璧啊。内室中的陈设景观，大多是珍惜罕见啊。以兰花炼制成油脂，而制成的蜡烛通彻明亮，富丽堂皇啊。二八十六位女子服侍起居，厌倦就让其轮流更替啊。各个诸侯国的美丽女子，人数众多，不可胜数啊。美盛的鬓发，不同的发式，充满了整个宫室啊。容貌仪态同样娇美柔婉，和顺动人举世无双啊。柔弱的外表，坚定的心志，流露出缠绵的意态啊。美丽的面容优雅的仪态，连绵不绝来来往往于整个房屋啊。美丽而细长的眉毛下双目明亮，目光腾驰闪过让人心神荡漾啊。细致的皮肤，光滑的肌理，深情而视，目光深远啊。离宫别馆，高大的帐幕，在悠闲之时服侍左右啊。以翡翠之羽来装饰的帷帐，高高挂在厅堂啊。以朱砂漆遍墙壁和隔板，用黑玉装饰房梁啊。抬头仰望雕刻花纹的椽子，上面雕画的是龙与蛇啊。坐于中堂凭栏远眺，下临庭院曲池啊。莲花才开始绽放，中间又杂以芰荷。紫株的水葵长满水池，轻风吹起，水波荡漾于绿波之上啊。身着绘有奇纹的豹皮服饰，在岸边等待伺候啊。轻型的轩车、卧车已经停下，徒步、乘马的侍从们分列在两边啊。丛丛的兰草种植在门外，以玉树作为篱笆护墙啊。灵魂啊归来吧！为何要去向那远方啊？

室家遂宗[1]，食多方些。稻粢穱麦[2]，挐黄粱些[3]。大苦醎酸[4]，辛甘行些[5]。肥牛之腱，臑若芳些[6]。和酸若苦，陈吴羹些。胹鳖炮羔[7]，有柘浆些[8]。鹄酸臇凫[9]，煎鸿鸧些[10]。露鸡臛蠵[11]，厉而不爽些[12]。粔籹蜜饵[13]，有餦餭些[14]。瑶浆蜜勺[15]，实羽觞些[16]。挫糟冻饮[17]，酎清凉些[18]。华酌既陈[19]，有琼浆些[20]。归来反故室，敬而无妨些。肴羞未通[21]，女乐罗些。陈钟按鼓[22]，造新歌些。《涉江》《采菱》，发《扬荷》些[23]。美人既醉，朱颜酡些[24]。娭光眇视[25]，目曾波些[26]。被文服纤[27]，丽而不奇些[28]。长发曼鬋，艳陆离些[29]。二八齐容[30]，起郑舞些[31]。衽若交竿[32]，抚案下些[33]。竽瑟狂会[34]，搷鸣鼓些[35]。宫庭震惊[36]，发《激楚》些[37]。吴歈蔡讴[38]，奏大吕些[39]。士女杂坐，乱而不分些。放陈组缨[40]，班其相纷些。郑卫妖玩[41]，来杂陈些。《激楚》之结[42]，独秀先些。菎蔽象棋[43]，有六簙些[44]。分曹并进[45],遒相迫些[46]。成枭而牟[47],呼五白些[48]。晋制犀比[49],费白日些。铿钟摇簴[50],揳梓瑟些[51]。娱酒不废,沉日夜些。兰膏明烛,华镫错些[52]。结撰至思[53],兰芳假些[54]。人有所极,同心赋些[55]。酎饮尽欢,乐先故些。魂兮归来！反故居些。

【注释】

① 室家:家庭中的人。宗:聚。

② 粢(zī):稷,粟米,即小米。穱(zhuō):早熟的麦子。

③ 挐(rú):掺杂,杂糅。

④ 大苦:豆豉。还有一说指特别苦。

⑤ 行:味道调和。

⑥ 臑(ěr)若:熟烂的样子。

⑦ 胹(ěr):煮熟。炮(páo):烤。羔:小羊。

⑧ 柘(zhè)浆:甘蔗汁。

⑨ 鹄:鸿鹄,天鹅。酸:用酸的调料烹制鹄肉。臇(juǎn)凫:用少量的汁水来烹制野鸭肉。臇,少汁。凫,野鸭。

⑩ 鸿:大雁。鸧(cāng):一种水鸟,似鹤。

⑪ 露鸡:露天生活的鸡。臛蠵(huò xī):把大龟烹制成羹汤。臛,肉羹。蠵,大龟之属。

⑫ 厉:指味道浓烈。爽:败,指变质。

⑬ 粔籹(jù nǚ):古代的一种油炸食品,类似麻花之类。蜜饵(ěr):用蜜和米面制成的糕饼。

⑭ 餦餭(zhāng huáng):饴糖之类的食物。

⑮ 瑶浆:此指美酒。瑶,美玉。蜜勺:甘甜的酒。勺,通"酌",指酒。

⑯ 羽觞(shāng):一种刻有鸟雀羽毛花纹的酒器。觞,酒器。

⑰ 挫糟:通过挤压来清除酒糟。挫,挤压。糟,酒糟。冻饮:即冷饮。

⑱ 酎(zhòu):醇厚的美酒。

⑲ 华酌:华美的酒器。酌,一种盛酒的容器,酒斗之类。

⑳ 琼浆：仙汁，比喻美酒。琼，红色的玉。

㉑ 肴：鱼肉之类的荤菜。羞：通“馐”，指美味。通：这里是指上菜的意思。

㉒ 按：指击鼓。

㉓ 发：指唱，演奏。《扬荷》：与《涉江》《采菱》一样，皆为楚地音乐。

㉔ 酡（tuó）：微微喝醉，面颊红润的样子。

㉕ 娭（xī）光：形容目光撩人的意思。娭，嬉戏。眇视：远望。

㉖ 曾波：频送秋波的意思。曾，通“层”。

㉗ 被文服纤：穿着轻薄细软的丝织的衣服。被、服都是穿的意思。文，花纹，指有花纹的丝织衣物。纤，指轻薄细软的丝织衣物。

㉘ 奇（jī）：单一。

㉙ 陆离：色彩斑斓，美艳的样子。

㉚ 二八：二列，以八人为一列，二八十六人。

㉛ 郑舞：郑地的舞蹈。

㉜ 交竿：这里指舞者的衣襟相交如竿。

㉝ 抚：循着。案下：按照节奏徐徐行进。

㉞ 竽瑟：竽，一种管乐器。瑟，一种弦乐器。狂：狂烈，猛烈。

㉟ 搷（tián）：击打。

㊱ 宫：堂屋。庭：堂前的地方。

㊲ 激楚：古代楚国乐曲名，或是指高亢凄清的楚乐。

㊳ 吴歈（yú）：吴地的歌曲。蔡讴：蔡地的歌曲。讴，歌唱。

㊴ 大吕：古代乐律的律调名称。

㊵ 放陈：解开，除去。组：系佩饰的丝带。缨：固定帽子的帽带。

㊶ 卫：古国名。妖玩：这里指美女。

㊷ 结：发髻，束发，此指舞者特有的发式。

㊸ 菎蔽（kūn bì）：以玉装饰的筹码，一种赌具。象棋：用象牙制作而成的棋子。

㊹ 六簙（bó）：古代的一种棋类游戏。因为簙箸有六根，棋子双方各

六枚，故称六簙。簙，通“博”。

㊺ 分曹：两两分对。曹，偶。

㊻ 遒（qiú）：迫。

㊼ 枭：本指猫头鹰，此指簙戏的一种术语。即在博弈中，棋子最先到达，便是“成枭”之义。牟：通“侔”，相等，势均力敌之意。

㊽ 五白：簙戏的术语。五木之制，上黑下白。掷得五子皆黑，叫卢，最贵；其次五子皆白，叫白。当对弈二人皆“成枭”之后，便用此法决定最终胜负。

㊾ 晋：古国名。犀比：用犀牛角制成的带钩。

㊿ 铿钟：撞钟。铿，撞。簴（jù）：古代悬钟、磬、鼓的架子上的立柱。

51 揳（jiá）：弹，弹奏。梓（zǐ）瑟：用梓木制作而成的瑟。梓，树名，木质较轻。

52 错：这里指华灯之上雕刻的错镂的花纹。

53 结撰（zhuàn）：构思创作。至思：殚精竭虑地思索。

54 假：到，到来。

55 赋：有一定的韵律节奏地诵读。

【译文】

闾里宗族聚集到一起，食物丰富多种多样啊。稻谷稷麦，掺杂糅着黄澄澄的粟米啊。大苦、咸、酸，加以甜、辣两味调和在一起啊。肥牛的肌腱，炖得熟烂香味扑鼻啊。调和好酸、苦两种味道，将吴地的肉羹端出摆好啊。清蒸大龟和烧烤羊羔，再加上糖浆啊。酸味的天鹅肉和烹制的野鸭肉，还有煎炸的大雁肉和鸧肉啊。风干的鸡肉加上熬制的龟羹，味道浓烈而不会变质啊。油炸的面饼和蜜制的糕点，再加上饴糖啊。晶莹如玉的美酒混合着蜜制的甜酒，斟满雕刻着羽毛花纹的酒杯啊。压除酒糟，将清酒冰冻，饮起来甘醇而清冽啊。华美的酒器已经摆好，里面盛满了琼浆玉液啊。归来吧，回到以前居住的地方，众人会毕恭毕敬没有伤害之意啊。美味佳肴还没有上齐，歌伎舞乐就在旁列队侍候啊。敲起钟鼓，表演起新创制的歌曲啊。唱《涉江》、歌《采菱》，再来一曲《扬荷》啊。美人已醉，双颊更加红润啊。撩人的目光偷偷注视，频送秋波流转传情啊。身披轻薄细软的绢素，色彩华丽而不单一啊。飘逸的长发，高高的云鬓，绝代芳华，令人目眩啊。十六名艺伎一样的装束，翩翩跳起郑舞。舞动的衣襟如竿交叠，循着节奏徐徐行进啊。吹竽鼓瑟交织在一起，击鼓铿铿作响啊。宫殿庭院震动受惊，只因《激楚》的高亢激越啊。唱吴歌，奏蔡曲，演奏大吕之音啊。男与女混坐在一起，打破礼防不分彼此啊。解开绶带，松开帽缨，到处纷乱难分啊。郑卫两地的美丽女子，纷纷而对排列在堂上啊。她们跳着《激楚》之舞，发式奇特，秀美独一无二啊。玉饰的筹码，象牙的棋子，玩着六簙的游戏啊。两两对决，不相上下，紧紧相逼啊。双方纷纷成枭势均力敌，高呼五白啊。赢得用晋地的犀牛制成的带钩，一天的时光即将耗尽啊。钟声响起，钟架齐摇，弹奏起梓木制作的琴与瑟啊。饮酒欢娱仍然不肯停下，夜以继日沉湎其中啊。用兰膏制成的蜡烛明亮，华美的灯具镂金错彩啊。构思创作殚精竭虑，贤能的人们纷纷而至啊。众人竭尽所能，同心而赋啊。尽情饮酒，尽情欢乐，先让祖先，故旧欢娱啊。灵魂啊归来吧！回到你的故居吧。

乱曰：献岁发春兮①，汩吾南征②，菉苹齐叶兮白芷生③。路贯庐江兮左长薄④，倚沼畦瀛兮遥望博⑤。青骊结驷兮齐千乘⑥，悬火延起兮玄颜烝⑦。步及骤处兮诱骋先⑧，抑骛若通兮引车右还⑨。与王趋梦兮课后先⑩。君王亲发兮惮青兕⑪，朱明承夜兮时不可以淹⑫。皋兰被径兮斯路渐⑬。湛湛江水兮上有枫⑭，目极千里兮伤春心。魂兮归来哀江南⑮！

【注释】

① 献岁：新的一年开始了。献，进。岁，岁星。发春：春天到来。

② 汩（yù）：急速的样子。

③ 菉（lù）苹：即绿苹，一种水草。

④ 庐江：地名，在今湖北宜城市一带。长薄：绵延的草木丛。薄，丛生的植被。

⑤ 倚：沿着。沼：水泽。畦：成块的田地。瀛（yíng）：池泽。博：广大平坦之地。

⑥ 骊（lí）：黑色的马。结驷：车乘相连。驷，驾一车的四马，这里指代车。齐千乘：许多的马车一齐出发。齐，一同。乘，四马驾一车为乘。

⑦ 悬火：悬灯，提灯，也可指夜间打猎时点起的火把。延起：光焰连成一片。玄颜：黑暗的天色。玄，黑色。烝（zhēng）：上腾的意思。

⑧ 步：慢走。骤：走。处：停止。诱：引导。

⑨ 抑骛：或停止，或奔驰。抑，停止。骛，奔跑。若：顺畅无阻。

⑩ 梦：云梦泽，这里泛指楚王的狩猎场。课：比试，比较。

⑪ 发：指射箭。惮：害怕，担心。兕（sì）：雌性的犀牛。

⑫ 朱明：指代太阳。承：连接，接续。淹：留下，停留。

⑬ 皋兰：水边高地的兰草。渐：遮没，掩盖。

⑭ 湛湛（zhàn）：清明澄澈的样子。枫：树名。

⑮ 江南：长江以南的楚国土地。

【译文】

乱辞唱道：一年开始春天来临啊，我匆忙离去向南而行，绿萍的枝叶刚刚长齐啊，白芷刚刚发芽。中途要穿过庐江啊，左侧是绵延的高大浓密的草木丛林，沿着沼泽水田和池泽站啊，遥望广袤平坦的楚地。四匹青黑色的骏马驾着一辆车啊，还有千乘一同前行，悬灯点起，火光连成一片啊，火光上腾，照亮黑色的天空。或徐行，或奔驰，或停止啊，向导们驰骋在先，前进停止通畅自如啊，引车向右掉转胜利返还。我与先王共驰往云梦打猎啊，比试谁先谁后。国君亲自射箭啊，又害怕杀死青兕而有祸事降临。白昼承接着黑夜啊，时光流逝不能停留。水边高地上的兰草铺满小路啊，这条路已遮没不见。清明澄澈的江水啊，岸边还有红枫成片，纵目千里啊，为春天将去而伤心。魂魄啊归来吧！为江南楚地而悲哀！

大 招

【题解】

与《招魂》一样,《大招》的作者以及招谁之魂,亦有较大的争议。关于作者大致有四种观点:一是屈原或景差。以汉代王逸为代表。二是景差。以宋人朱熹为代表,另有周拱辰、王夫之也持此种观点。三是屈原,以明末清初林云铭为代表。四是秦汉之际的模拟之作,以今人梁启超、游国恩、刘永济为代表。

关于《大招》中的招魂对象,则主要有两种看法,一是招屈原之魂;二是招楚怀王之魂。

综合上述的说法,根据篇中描写的内容以及写作的风格来看,其所招之魂当属楚怀王。而作者自汉以来就难以确定,到目前为止,也没有新的证据来证明。

《大招》与《招魂》并称"二招",创作的背景皆为怀王客死秦国之后,其死讯传回楚国,楚国为其举行招魂仪式。虽然如此,但《大招》又独具特色。从结构上而言,《大招》没有引辞与乱辞,只有招魂辞。从内容上而言,本篇可以分为两个部分:第一部分描写四方的险恶之处;第二部分则描写楚国故居之美,诱使魂魄归来。

青春受谢①,白日昭只②。春气奋发,万物遽只③。冥凌浃行④,魂无逃只。魂魄归来!无远遥只。

【注释】

① 青:春天,春季。王逸注云:"青,东方春位,其色青也。"古人把东方与青色联系在一起。这里的青春就是春天。谢,离开,离去。

② 昭：光明的意思。只：楚地方言，句尾语气词。与《招魂》中的“些”字相同。

③ 遽（jù）：竞，竞相。

④ 冥：这里指北方之神玄冥。凌：驰，驰骋。浃（jiā）：周遍。

【译文】

冬天离去春天到来，阳光灿烂无比啊。春天的气息迎面扑来，万物竞相生长发芽啊。幽冥之神驰骋奔跑，遍行于天地之间，魂魄无处可逃啊。魂魄啊归来吧，不要漂流到遥远的地方啊！

魂乎归来！无东无西，无南无北只。东有大海，溺水浟浟只①。螭龙并流②，上下悠悠只③。雾雨淫淫④，白皓胶只⑤。魂乎无东！汤谷宋只⑥。魂乎无南！南有炎火千里，蝮蛇蜒只⑦。山林险隘，虎豹蜿只⑧。鰅鳙短狐⑨，王虺骞只⑩。魂乎无南！蜮伤躬只⑪。魂乎无西！西方流沙，漭洋洋只⑫。豕首纵目⑬，被发鬤只⑭。长爪踞牙⑮，诶笑狂只⑯。魂乎无西！多害伤只。魂乎无北！北有寒山，逴龙赩只⑰。代水不可涉⑱，深不可测只。天白颢颢⑲，寒凝凝只。魂乎无往！盈北极只⑳。

【注释】

① 溺水：淹在水里，这里形容水很深。浟浟（yóu）：水流很快的样子。

② 螭（chī）：传说中一种无角的龙。

③ 悠悠：这里指螭龙游动的样子。

④ 淫淫：形容雨连绵不断。

⑤ 皓胶：水冰冻的样子。这里形容水气上腾，一片雾蒙蒙的样子。

⑥ 汤（yáng）谷：古代传说中太阳升起的地方。

⑦ 蝮（fù）蛇：大蛇。蜒（yán）：形容蛇长而弯曲的样子。

⑧ 蜿（wān）：形容虎豹奔跑的样子。

⑨ 鰅鳙（yú yōng）：神话中的一种怪鱼。短狐：蜮，又名射工。传说

能含沙射影、使人得病的怪物。

⑩ 王虺(huǐ):大蟒蛇。骞(qiān):抬头的样子。

⑪ 蜮(yù):即短狐,传说中一种能含沙射影,在水里暗中害人的动物。躬:身体。

⑫ 漭(mǎng)洋洋:这里形容流沙无边无际的样子。漭,水大的样子。

⑬ 豕(shǐ)首:猪的头。纵:竖起。

⑭ 被:通“披”。鬤(ráng):形容毛发乱蓬蓬的样子。

⑮ 踞(jù)牙:形如锯齿之牙,形容牙齿锋利。踞,通“锯”。

⑯ 诶(xī)笑:即嬉笑,这里似指一种狰狞的笑。

⑰ 逴(chuō)龙:一说为山名,位于北方,极寒。一说当为神话传说中的“烛龙”,北方之神。赩(xì):赤色。

⑱ 代水:传说中的水名。

⑲ 颢颢(hào):洁白有光的样子,形容天地间一片白茫茫。

⑳ 北极:北方至极,极寒之地。

【译文】

魂魄啊归来吧!不要向东,不要向西,不要向南,也不要向北漂流啊。东有汪洋大海,沉溺万物,水流湍急啊。螭龙顺流而行,上下不停翻滚啊。烟雾缭绕雨水连绵,天地间一片苍茫啊。魂魄啊不要向东行!汤谷无人死寂一般啊。魂魄啊不要向南行!南有火焰绵延千里,巨大的蝮蛇蜿蜒盘绕啊。山林险峻充满危险,虎豹到处横行啊。又有鰅鳙和短狐危及生命,大蟒蛇扬着头啊。魂魄啊不要向南行!鬼蜮会伤害你的身体啊。魂魄啊不要向西行!西方一片流沙,无边无际啊。那里的怪物长着猪的脑袋,眼睛竖起,浑身的毛发,乱蓬蓬啊。长长的爪子,如锯的利齿,发出狞笑,十分疯狂啊。魂魄啊不要向西!那里害人的怪物太多。魂魄啊不要向北行!北方有寒冷的山脉,北方之神烛龙遍体通红啊。代水亦无法渡过,它深不可测啊。天降大雪一片白茫茫,寒气都把大地冻结了啊。魂魄啊不要前往!寒冷充斥整个北极啊。

魂魄归来，闲以静只。自恣荆楚[1]，安以定只。逞志究欲[2]，心意安只。穷身永乐，年寿延只。魂乎归来！乐不可言只。

【注释】

① 恣（zì）：任意，放纵。

② 逞：快意，得逞。究：穷尽，极尽。

【译文】

魂魄归来吧，这里悠闲安宁啊。在荆楚的大地上放纵情志，自在遨游，生活安定啊。万事随心，极尽你的喜好，无忧无虑，心神安宁，终生都能得到快乐，延年益寿啊。魂魄归来吧！快乐不可言说啊。

五谷六仞[1]，设菰粱只[2]。鼎臑盈望[3]，和致芳只[4]。内鸧鸽鹄[5]，味豺羹只[6]。魂乎归来！恣所尝只。鲜蠵甘鸡[7]，和楚酪只[8]。醢豚苦狗[9]，脍苴蒪只[10]。吴酸蒿蒌[11]，不沾薄只[12]。魂兮归来！恣所择只。炙鸹烝凫[13]，煔鹑陈只[14]。煎鲼臛雀[15]，遽爽存只[16]。魂乎归来！丽以先只[17]。四酎并孰[18]，不涩嗌只[19]。清馨冻歆[20]，不歠役只[21]。吴醴白蘖[22]，和楚沥只[23]。魂乎归来！不遽惕只[24]。

【注释】

① 仞：长度的度量单位，古代一仞为七尺或八尺。

② 菰（gū）粱：菰米，可煮食。

③ 鼎：古代烹煮用的器物，多用青铜制成，一般是三足两耳。臑（rú）：蒸煮得熟烂。

④ 和致芳：调和味道，使之芬芳。

⑤ 内：通“肭（nà）”，肥的意思。鸧（cāng）：水鸟名，似鹤，苍青色。鹄：即天鹅。

⑥ 味：品尝，品味。豺：兽名。

⑦ 蠵(xī): 大龟。

⑧ 酪(lào): 乳酪。

⑨ 醢(hǎi): 肉酱。豚(tún): 小猪。苦: 使变苦。

⑩ 脍(kuài): 切细的意思。苴蓴(jū pò): 蘘荷, 一种草本植物, 花穗和嫩芽可食, 根状茎入药。

⑪ 吴酸: 吴人调和酸咸的味道。吴, 指吴地人。蒿蒌(hāo lóu): 两种植物的名称。

⑫ 不沾薄: 指味道不浓不淡。沾, 浓而多汁。薄, 淡而无味。

⑬ 炙(zhì): 烤肉。鸹(guā): 一种鸟名。烝: 通"蒸"。凫: 野鸭。

⑭ 煔(qián)鹑: 煮鹌鹑。鹑: 即鹌鹑。

⑮ 鲼(jì): 鲫鱼。臛(huò): 做成肉羹。

⑯ 遽爽: 非常爽口。

⑰ 丽: 这里指美味的意思。

⑱ 四酎(zhòu): 精酿四次的美酒。酎, 醇。

⑲ 涩(sè): 即"涩", 不顺滑。这里是使喉咙感到苦涩、不顺滑的意思。嗌(ài): 喉咙, 咽喉。

⑳ 清馨: 形容酒的气味香醇清冽。冻歆(yǐn): 冷饮。歆, 即"饮"。

㉑ 歠(chuò): 饮, 喝。役: 卑贱的人。

㉒ 醴(lǐ): 甜酒。蘖(niè): 酿酒所用的曲。

㉓ 沥(lì): 清酒。

㉔ 遽(jù): 忧惧。惕: 警惕之意。

【译文】

这里的五谷堆得有六仞之高, 桌上还摆着香喷喷的菰米饭啊。鼎里煮熟的食物满眼都是, 调和这些食物的味道让它们散发香味啊。里面还装有肥美的鸧、鸽子、天鹅, 调和着豺肉做的羹汤啊。魂魄啊归来吧! 任随您的心意尽情品尝啊。鲜美的大龟, 美味的肥鸡, 还调和了楚地的乳酪啊。乳猪做成的肉酱, 略有苦味的狗肉, 再把蘘荷切细放在里面啊。吴人把蒿蒌腌制成酸菜, 味道不浓不淡正好啊。魂魄啊归来吧! 任你心意来随便选择啊。烤鸹鸟，蒸野鸭，煮了鹌鹑摆上桌啊。煎鲫鱼，炖山雀，味道鲜美极了啊。魂魄啊归来吧！美味佳肴已经摆放好啊。精酿四次的美酒已经醇熟，不滞涩咽喉啊。清冽醇香的冷饮，不是卑贱之人享用的啊。吴地的甜酒用白曲酿造，再掺上楚地的清酒啊。魂魄啊归来吧！不要惊惧，不要有警戒之心啊。

代秦郑卫①，鸣竽张只②。伏戏《驾辩》③，楚《劳商》只。讴和《扬阿》④，赵箫倡只⑤。魂乎归来！定空桑只⑥。二八接舞⑦，投诗赋只。叩钟调磬⑧，娱人乱只⑨。四上竞气⑩，极声变只⑪。魂乎归来！听歌谍只⑫。朱唇皓齿，嫭以姱只⑬。比德好闲⑭，习以都只⑮。丰肉微骨，调以娱只⑯。魂乎归来！安以舒只。嫮目宜笑⑰，娥眉曼只⑱。容则秀雅⑲，稺朱颜只⑳。魂乎归来！静以安只。姱修滂浩㉑，丽以佳只。曾颊倚耳㉒，曲眉规只。滂心绰态㉓，姣丽施只㉔。小腰秀颈，若鲜卑只㉕。魂乎归来！思怨移只㉖。易中利心㉗，以动作只。粉白黛黑㉘，施芳泽只㉙。长袂拂面，善留客只。魂乎归来！以娱昔只㉚。青色直眉㉛，美目媔只㉜。靥辅奇牙㉝，宜笑嘕只㉞。丰肉微骨，体便娟只㉟。魂乎归来！恣所便只。

【注释】

① 代秦郑卫：古代四个诸侯国的名称，这里是指这四国的音乐。

② 竽：一种管乐器。张：演奏。

③ 伏戏：即“伏羲”，神话传说中的帝王。《驾辩》：古乐名。

④ 讴：清唱。《扬阿》：古代楚地歌曲名。

⑤ 箫：一种管乐器。倡：通“唱”，这里指演奏。

⑥ 定：调弦定音。空桑：瑟的名称。还有一说为地名。

⑦ 二八：舞女以八人为一列，二八即二列十六个舞女。

⑧ 叩钟调磬(qìng)：敲击钟和磬。

⑨ 乱：狂欢快乐。

⑩ 四上：上面所说四国代、秦、郑、卫的音乐。竞气：竞赛，比赛。

⑪ 极声变：指在比赛中，四国穷极音乐变化之能事。

⑫ 譔（zhuàn）：通“撰”，这里指具备之意。

⑬ 嫭（hù）以姱：嫭和姱都是美好的意思。

⑭ 比：相同。好闲：容貌美丽，举止娴雅。

⑮ 习：熟悉礼仪。都：美好的样子。

⑯ 调：性格柔顺。

⑰ 嫮（hù）：同“嫭”，美好，这里形容眼睛很美丽。

⑱ 娥眉：如蚕蛾般细长好看的眉毛。

⑲ 容则：礼容之法则。即行礼威仪俯仰的举止。

⑳ 穉（zhì）：又作“稚”，幼小的意思。

㉑ 姱修：美丽，修长。滂浩：广大的样子。一本作“修广婉心”。婉心即性情柔顺之意。

㉒ 曾：重，此指面颊很丰满。倚耳：耳向后倾，不外张，古人以此为美。

㉓ 滂心：指心胸广大。绰态：婉美的姿态。

㉔ 施：呈现出来。

㉕ 鲜卑：一种系在腰间的带子。一说是古代鲜卑族的衣带钩。

㉖ 思怨移：去除或忘记忧思和怨恨。移，去除。

㉗ 易中利心：内心正直和顺。易中，和悦其心。利心，和顺其心。

㉘ 粉：脂粉。黛：一种青黑色的颜料，用于画眉。

㉙ 芳泽：一种涂在皮肤上的香膏。

㉚ 昔：通“夕”。一本即作“夕”，夜晚。

㉛ 青色：青黑色，这里当指娥眉的颜色。

㉜ 婳（mián）：形容眼睛美丽动人的样子。此有显得狡黠的意思。

㉝ 靥（yè）辅：指脸颊边的酒窝。奇牙：美丽的牙齿。

㉞ 嘕（xiān）：笑得动人的样子。

㉟ 便（pián）娟：形容体态轻盈而美好的样子。

【译文】

这里有代、秦、郑、卫四地的音乐，吹起竽管，奏起优美的音乐啊。有伏羲氏所造的《驾辩》，还有楚地的古曲《劳商》啊。一同高唱起《扬阿》之歌，赵地的洞箫首先吹起。魂魄啊归来吧！为空桑之瑟调弦定音啊。十六个舞女相继起舞，与诗赋雅乐相和啊。敲钟击磬，人们欣喜若狂啊。代、秦、郑、卫四国音乐相互竞争，极尽音乐变化之能啊。魂魄啊归来吧！来倾听这里的音乐歌曲，它无所不备啊。美人们唇红齿白，美丽动人啊。才德不相上下，容貌美丽，举止娴雅，熟悉礼仪娴静美好啊。肌肤丰腴，骨相纤细，性格柔顺，令人心旷神怡啊。魂魄啊归来吧！会让你感到舒适安心啊。美目流转满含笑意，蚕蛾般的眉毛又细又长啊。行礼威仪俯仰的举止美好优雅，娇嫩的肌肤红润啊。魂魄啊归来吧！这儿会让你感觉静谧安详啊。这里的女子容貌艳丽，性情和顺，美丽而善良啊。双颊丰满，两耳后倾，弯弯的眉毛好似用圆规画出啊。心胸广大，姿态柔婉，姣好美丽全都显现啊。腰肢纤细，脖颈修长，就像用鲜卑之带束着一样啊。魂魄啊归来吧！你会忘记忧思和愁怨啊。她们内心正直和顺，从动作就能看出啊。面白如玉，眉如青黛，再涂上浓郁的香膏啊。长长的袖子轻拂面庞，芬芳流衍，众客喜悦，令人流连啊。魂魄啊归来吧！可以在这儿整夜娱乐啊。体色青白，眉毛黑直，美丽的双眼流波动人啊。脸颊上有酒窝，牙齿整齐洁白，嫣然一笑，妩媚动人啊。身形丰满，骨骼纤细，体态轻盈而美好啊。魂魄啊归来吧！任你随意行事啊。

夏屋广大①，沙堂秀只②。南房小坛③，观绝霤只④。曲屋步壛⑤，宜扰畜只⑥。腾驾步游，猎春囿只⑦。琼毂错衡⑧，英华假只⑨。茝兰桂树⑩，郁弥路只⑪。魂乎归来！恣志虑只。孔雀盈园，畜鸾皇只⑫。鹍鸿群晨⑬，杂鹙鸧只⑭。鸿鹄代游⑮，曼鹔鹴只⑯。魂乎归来！凤凰翔只。

【注释】

① 夏屋：大的屋子。

② 沙堂：用丹砂把厅堂涂成红色。沙，丹砂或朱砂，一种矿物，可做颜料。

③ 房：堂屋两侧的房屋。坛：这里指庭院，是指休息的场所。

④ 观：楼台，可作眺望之用。霤（liù）：指屋檐。

⑤ 曲屋：周旋屈曲的楼阁。步壛（yán）：意指长廊。

⑥ 扰：养，驯养。畜：家养的牲畜。

⑦ 囿（yòu）：畜养动物的园林，后称为"苑"。

⑧ 琼：玉，美玉。毂（gǔ）：车轮的中心部位，中间有圆孔，可以插轴。错：华美的相交错的文饰。衡：车辕前方的横木。

⑨ 英华：华美璀璨。假：盛大。一作"嘏"（gǔ）。

⑩ 茝（zhǐ）：香草名，即白芷。

⑪ 郁：树木丛生的样子。

⑫ 鸾：神话传说中的一种神鸟。皇：通"凰"。

⑬ 鹍（kūn）：即鹍鸡。群晨：在清晨一起鸣叫。

⑭ 鹙（qiū）鸧：一种水鸟，性凶贪恶。

⑮ 代：来来往往，轮流。

⑯ 曼：绵延，延续。这里形容群鸟起飞时连绵不绝的样子。鹔鹴（sù shuāng）：鸟名，雁的一种，颈长，绿羽。

【译文】

房屋又宽又大，以丹砂涂饰的厅堂啊。南边的小屋，小巧别致的庭院，观景的楼观高大，超过了屋檐啊。周旋屈曲的楼阁，长长的走廊。这里还适宜驯养牲畜啊。可以骑马驰骋，亦可以步行游玩，春日即可在园中打猎啊。以美玉装饰车轴，在辕上的横木错金镂彩，真是璀璨而盛大啊。路边的白芷、兰草和桂树，郁郁葱葱啊。魂魄啊归来吧！任凭你所愿，随意游玩啊。孔雀群聚，盈满园中，还有那鸾鸟凤凰啊。鹍鸡于清晨一起鸣叫，再杂以鹙鸧的声音，接着，鸿鹄来往游戏其间，鹔鹴群飞，连绵不断啊。魂魄啊归来吧！看那凤凰也在飞翔啊。

曼泽怡面[①]，血气盛只。永宜厥身，保寿命只。室家盈廷[②]，爵禄盛只[③]。魂乎归来！居室定只。接径千里[④]，出若云只[⑤]。三圭重侯[⑥]，听类神只[⑦]。察笃夭隐[⑧]，孤寡存只[⑨]。魂兮归来！正始昆只[⑩]。田邑千畛[⑪]，人阜昌只[⑫]。美冒众流[⑬]，德泽章只。先威后文，善美明只。魂乎归来！赏罚当只。名声若日，照四海只[⑭]。德誉配天，万民理只。北至幽陵[⑮]，南交阯只[⑯]。西薄羊肠[⑰]，东穷海只。魂乎归来！尚贤士只。发政献行[⑱]，禁苛暴只。举杰压陛[⑲]，诛讥罢只[⑳]。直赢在位[㉑]，近禹麾只[㉒]。豪杰执政[㉓]，流泽施只。魂乎来归！国家为只。雄雄赫赫[㉔]，天德明只[㉕]。三公穆穆[㉖]，登降堂只[㉗]。诸侯毕极，立九卿只[㉘]。昭质既设[㉙]，大侯张只[㉚]。执弓挟矢，揖辞让只[㉛]。魂乎来归！尚三王只[㉜]。

【注释】

① 曼泽：形容肌肤细腻光润。怡：喜悦的样子。

② 室家：家族，宗族。

③ 爵：爵位。禄：即俸禄。

④ 接径：道路相接，四通八达。千里：比喻疆域很广。

⑤ 出若云：人很多，如云一般。

⑥ 三圭：亦作“三珪”。三种玉圭，借指公、侯、伯。圭，一种古代玉器，贵族以之作为重要的礼器。重侯：指五等爵位的子爵和男爵。

⑦ 听类神：听取是非曲直，明辨善恶，如同神明。

⑧ 笃：病得很重叫笃，这里指重病。夭：年幼而死，即夭亡。隐：隐匿。

⑨ 孤：幼而无父。寡：老而无夫。在这里孤和寡均带有孤独的意思。存：慰问之意。

⑩ 始昆：先后，终始。昆，后。

⑪ 畛(zhěn)：田地间的小路。

⑫ 阜昌：繁盛，昌盛，这里形容人口众多。

⑬ 美：指美政。冒：覆盖的意思。

⑭ 四海：指四邻各族居住的地方，即偏远地区，蛮荒之地。

⑮ 幽陵：地名，即幽州。

⑯ 交阯（zhǐ）：古地名，泛指五岭以南，在今两广及越南北部一带。

⑰ 羊肠：山名。

⑱ 献行：进用有德行的人。

⑲ 压陛：使贤能之人布满朝堂。陛，殿堂前的台阶，此指朝堂。

⑳ 诛：这里是谴责的意思。讥：受人讥刺。罢：此指能力不足的庸人。

㉑ 直赢：正直且才华横溢之人。赢，有余。

㉒ 近禹麾：与圣明君主夏禹的指挥相近。禹，指夏禹。

㉓ 豪：卓越杰出之人。

㉔ 雄雄赫赫：形容楚国繁荣强盛的样子。

㉕ 天德：即德行与天相配。

㉖ 三公：古代中央三个最高官职的合称。一说是太师、太傅、太保；一说是司空、司马、司徒。穆穆：平和恭顺的样子。

㉗ 登降堂：出入朝堂。

㉘ 九卿：古代中央政府的九个高级官员。

㉙ 昭质：箭靶的中间。

㉚ 大侯：射箭时所立之布，古代的一种箭靶。

㉛ 揖（yī）：作揖，行拱手之礼。

㉜ 三王：指夏禹、商汤、周文王。

【译文】

肌肤细腻光滑，面色和悦，气血充足啊。你的身体和灵魂会就远相宜，长保寿命啊。你的宗亲们遍布整个朝廷，高官厚禄啊。魂魄啊归来吧！居处已经安排妥当了啊。这里路路相连，绵延千里，人们出来聚集如云啊。公侯伯子男，拥有爵位的国家重臣，听审狱讼，明辨是非善恶，如同神明啊。他们能够察知了解重病之人，早亡之人与处境困窘之人，还能安抚慰问孤独的人啊。魂魄啊归来吧！确定施行仁政的先后啊。楚国的田野广大，田间道路成百上千条，人口众多繁荣昌盛啊。美政教化普及广大百姓，恩德恩泽彰明显著啊。先施行严政，后施行仁政，美善而光明正大啊。魂魄啊归来吧！楚国的奖惩分明啊。名声如同太阳，光芒照耀四方啊。功德、荣誉可与天相媲美，能把天下万民治理得头头是道啊。向北到达幽陵，向南到达交趾啊。向西迫近羊肠山，向东直达大海啊。魂魄啊归来吧！这里礼贤下士啊。君王向下发布政令，进用有贤能之人，禁止苛政残暴啊。任用贤德之士，使之布满朝堂，谴责、斥退平庸之人啊。使正直且才华横溢之人居于官位，与圣君夏禹的指挥相近啊。卓越杰出者掌管政权，恩泽遍施民间啊。魂魄啊归来吧！成为国家的重臣。国家繁荣富强，德政清明啊。三公和睦，彼此恭敬，出入朝堂啊。诸侯都来致敬，再设九卿之位啊。箭靶已经设好，大的布侯也已张挂啊。拿弓持箭，拱手行礼，相互辞让啊。魂魄啊归来吧！崇尚夏商周三代先贤，效法三王啊。